# Märchen aus Mallorca

Herausgegeben von
Erzherzog Ludwig Salvator

Salvator, Ludwig (Hg.)

**Märchen aus Mallorca**

ISBN: 978-3-86267-278-3

Auflage: 1
Erscheinungsjahr: 2012
Erscheinungsort: Bremen, Deutschland

Europäischer Literaturverlag GmbH, Fahrenheitstr. 1, 28359 Bremen (www.elv-verlag.de). Die Orthografie wurde an die neue deutsche Rechtschreibung angepasst und die Interpunktion behutsam modernisiert.

Coverbild: Ausschnitt aus dem Gemälde „Jardin au bord de la la mer" (1918) von Maxime Maufra.

# Märchen aus Mallorca

www.elv-verlag.de

| | |
|---|---|
| Einleitung | 9 |
| Sa Rondaya des Boch<br>*Das Märchen des Bockes* | 19 |
| El Rey que parava faves<br>*Der König, der Saubohnen zubereitete* | 26 |
| Sa Rondaya des Cabrit<br>*Das Märchen des Zickleins* | 27 |
| Eu Frarêt<br>*Das Mönchlein* | 28 |
| Sa rateta<br>*Das Mäuschen* | 34 |
| Na bufa fochs<br>*Die Feuerbläserin* | 41 |
| Sa Cadeneta<br>*Das Kettchen* | 53 |
| Eus tres conseys<br>*Die drei Ratschläge* | 60 |
| Es cotxo d'o<br>*Der Wagen aus Gold* | 65 |
| Es castell de ses roses<br>*Das Schloss der Rosen* | 68 |
| S'escolanêt<br>*Das Messmerchen* | 73 |
| Sa Rondaya des Falistroncos<br>*Das Märchen der Falistroncos* | 76 |
| Es tres Germans<br>*Die drei Brüder* | 82 |
| S'homo qu'etsecayava<br>*Der Mann, der Bäume stutzte* | 87 |

| | |
|---|---:|
| S'homo Roig<br>*Der rothhaarige Mann* | 90 |
| S'homo qui torná ase<br>*Der Mann, der ein Esel wird* | 93 |
| Es dotze lladres<br>*Die zwölf Diebe* | 98 |
| En Pere de sa butza<br>*Der Magenpeter* | 103 |
| En Ramon des Pujol<br>*Der Raimund vom Pujol* | 108 |
| Es sach de mentides<br>*Der Lügensack* | 112 |
| Es dimonis boyets de Son Martí<br>*Die Boyets-Teufel von Son Martí* | 118 |
| La dona d'aygo<br>*Die Wasserfrau* | 121 |
| La Font de Xorrigo<br>*Die Xorrigos-Quelle* | 124 |
| Es missé y es pagés<br>*Der Anwalt und der Bauer* | 132 |
| S'homo que cercava es tresó de Na Fátima<br>*Der Mann, welcher den Schatz der Fátima suchte* | 137 |
| S'encantament de na Fátima<br>*Die Verzauberung der Fátima* | 140 |
| S'encantament des pou des Borino<br>*Die Verzauberung im Borino-Brunnen* | 142 |
| Es negret de sa Coma<br>*Das Negerchen aus der Coma* | 144 |
| Es tresó de sa Cova de Son Creus<br>*Der Schatz der Höhle von Son Creus* | 145 |

| | |
|---|---:|
| Es tresó de ses Cases d'Aufabi<br>*Der Schatz der Häuser von Aufabi* | 148 |
| Sa pó de Concas<br>*Das Gespenst von Concas* | 149 |
| Sa pó d'es Rafal<br>*Das Gespenst vom Rafal* | 153 |
| Sa pó de sa Bufera<br>*Das Gespenst der Bufera* | 155 |
| Es pastó de Galatzó<br>*Der Hirt von Galatzó* | 157 |
| El Sen Guayta<br>*Der alte Guayta* | 159 |
| Es moros d'es Castellet<br>*Die Mauren des Castellêt* | 164 |
| Es moros de Castell de Santueri<br>*Die Mauren des Castell von Santueri* | 166 |
| Es Cabré de sa Plana<br>*Der Ziegenhirt der Plana* | 167 |
| Es pastó des Pou de ses Basses<br>*Der Hirte des Brunnens von Ses Basses* | 168 |
| Es fiy de l'amo de Son Forteza<br>*Der Sohn des Pächters von Son Forteza* | 171 |
| Es fét de sa torre de Cañamel<br>*Die Geschichte des Turmes von Cañamel* | 173 |
| Sa Fosca quantre es Moros<br>*Die Dunkelheit gegen die Mauren* | 176 |
| Es moro de dins sa cova<br>*Die Mauren in der Höhle* | 177 |
| Na Simoneta<br>*Die Simoneta* | 180 |

| | |
|---|---|
| Es moros qu'anaren á Sa Mesquida<br>*Die Mauren, welche nach Sa Mesquida kamen* | 181 |
| Es moros qu'anaren a Son Jordi<br>*Die Mauren, welche nach Son Jordi gingen* | 184 |
| Es desembarch des moros<br>*Die Landung der Mauren* | 185 |
| Es desembarch des moros<br>*Die Landung der Mauren* | 187 |
| S'esclau de ses varques<br>*Der Sklave mit den Ledersohlen* | 190 |
| S'esclau de Son Fê<br>*Der Sklave von Son Fé* | 193 |
| S'esclau gabelli<br>*Der Sklave Gabelli* | 195 |
| S'esclau que fogi<br>*Der Sklave, der entfloh* | 197 |
| Es moro cégo<br>*Der blinde Maure* | 200 |
| Es patró esclau<br>*Der Sklaven-Patron* | 204<br>*204* |

# Einleitung

Die Zahl der märchenhaften Erzählungen ist auf Mallorca eine ungeheuere, und ein großes Feld für die Folkloristen steht noch offen, bevor der nivellierende Wind moderner Kultur das alles weggefegt haben wird.

Möge der Leser aus diesen wenigen sich eine Vorstellung machen, die ich aus einer großen Menge auswählte, die ich in allen Ortschaften der Insel nach meinen Angaben von Dn. Antonio Peña, dem intelligenten Sohn des hervorragenden mallorquinischen Schriftstellers Dn. Pedro de Alcantara Peña, sammeln ließ. Ich ließ dieselben wörtlich nachschreiben, wie sie aus dem Volksmund kamen, um ihnen ihre kindliche Naivität zu belassen, ohne dabei etwas zu ändern. Auf dieselbe Weise ließ ich sie in der gesprochenen Sprache niederschreiben, ohne dieselben in einer korrekteren, reineren, der gemeinsamen Sprache Aragons sich nähernden zu übertragen, wie die größere Mehrzahl mallorquinischer Schriftsteller bei eigentlich literarischen Arbeiten wohl mit Recht zu tun pflegen; es schien mir nämlich für diesen speziellen Fall entsprechender zu sein, die Richtung jener Mallorquinischen Schule anzunehmen, welche das Mallorquinische schreibt, wie es gesprochen wird.

Man kann eigentlich drei verschiedene Gruppen aus den *Rondayes Mallorcas* machen, die eigentlichen Märchen (Rondayes), phantastisch, häufig lang und kompliziert, die Erzählungen oder Cuentos, zumeist kürzer und teilweise auf Wahrheit beruhend, und die Fets oder wahre Geschichtchen, die manchmal, wenn sehr kurz, mit dem einfachen Namen von Cuatre Mots oder vier Worte bezeichnet werden.

Die Kultur und die Traditionen Mallorcas datieren erst aus der christlichen Eroberung. Bis auf einige arabische Worte in der Sprache und einzelne arabische Sitten ist alles aus der alten Maurenzeit verschwunden. Unter den Letzteren ist namentlich das Verehren eines heiligen Ortes durch das Hinwerfen eines Steines (insbesondere bei der alten Kapelle von Sn. Salvador bei Felanitx üblich) charakteristisch; es ist noch die Sitte der Wüste, damit der Sand die verehrte Stelle nicht so leicht verwehe. Das arabische Hamse prangt noch, wiewohl von den Leuten unbewusst, auf manches alte Eingangstor, und die Sitte, durch Hohlziegelstücke das Steingemäuer zu unterbrechen, die sich auf Mallorca bis zum 15. Jahrhundert erhielt, weist noch auf die Sitte der maurischen Maurer, die in den ersten Anfängen Beschäftigung fanden. Die arabische Bewässerung mit ihren sorgfältigen Leitungen und Norias, der altertümliche Pflug, aber noch am allermeisten die Melodien zum Dreschen und zur Verrichtung anderer Feldarbeiten tragen den arabischen Stempel. Sonst aber wurde alles weggefegt; ein anderer Glaube, eine andere Sprache, ein anderes Volk überhaupt setzte sich an die Stelle der Moslims, und mithin bildet der Tag der Eroberung am Schlusse der arabischen Periode eine Scheidewand in der Geschichte und den Traditionen Mallorcas. Die arabischen Märchen wanderten mit ihren Erzählern nach Afrika und haben lediglich einem einsamen Berg oder einer Ortschaft ihren Namen zurückgelassen, während die vielen Beziehungen mit Katalonien und Roussillon spanischen und französischen Einfluss zur Geltung brachten. Es waren ja die Kinder von Aragon dieselben Adeligen, welche auf ihren Schlössern in Katalonien die Troubayres von der Provence empfingen, welche die Herren von Mallorca waren, und wenn aragonesische Königinnen in Bellver die Blüte der Dichter von Katalonien, Roussillon und anderen benachbarten Ländern versammelten, um mit jenen der Balearen zu wetteifern, welche in jenem historischen Hause um die Gunst der schönsten Damen jenes literarischen Hofes buhlten, so machte sich von

Tag zu Tag der Languedoquische Einfluss immer mehr geltend.

Es ist daher nicht zu wundern, wenn die meisten Märchen phantastische Königsgeschichten zum Gegenstande haben, und da mag man wohl nicht fehlschlagen, selbe als zumeist eingeführten Ursprung anzusehen, aber an lokale Verhältnisse angemodelt haben sie gewissermaßen einen hiesigen Charakter angenommen. Ein Beispiel derselben gibt uns *Sa Rondaya des Boch*, vielleicht eine der charakteristischsten dieser Sorte. Einzelne wie die *Blanca y la Bella*, *L'amor de ses tres taronjes* und andere mehr hat Mallorca mit Italien und Frankreich gemein, und sicher würden viele derselben dem Sammler ein reiches Feld des Vergleiches darbieten.

Ja auch, wenn Mallorca als Station oder besser gesagt als Haltestelle zwischen dem spanischen Kontinent, Sardinien und Spanisch-Italien großes Geld und Macht erwarb, waren wohl häufig italienische Märchen, die herüber segelten, sowie die Cadiras de Napols, die skulptierten Möbel aus Florenz und manch andere italienische Sitten.

Manche Rondayes sind für kleine Kinder, und wenn diese eine um jeden Preis verlangen, pflegt man ihnen zu sagen, *El Rey que parava faves* oder die *Rondaya des Cabrit*; zu ihrer Unterhaltung sind jene des Fraret und der Rateta bestimmt. Manche sprechen von Riesen, andere von den Dimonis boyets und Donetas d'aygo phantastischen Schöpfungen mittelalterlicher Einbildungskraft, von denen wohl noch manches erzählt wird, ohne dass jedoch das Volk darin einen Glauben schenke, sondern es wiederholt, und die Sage lebt fort, an jenem Lokal angeklebt. So erzählt man von Wänden, die sie aufbauten, von Quellen, die sie entspringen ließen oder versiegten. Weniger häufig sind jene bezüglich der Donetas d'aygo, eine Art Erinnerung an antike Najaden.

In diesem Lande voll Glauben herrscht wenig Aberglauben, vielleicht am wenigsten von allen Gegenden des Mittelmeeres; mithin entfallen fast gänzlich die Geschichten von Geistern und von Hexen Erdichtungen. Von Letzteren fand ich nur eine Sage in Lluchmayor, in welcher man sagte, dass sie auf dem Puig de Ses Bruixes (vorher de Terrutjelles) wohnten, von welchem sie aber König Jaime durch das Aufpflanzen eines Kreuzes vertrieb. Die Geistererscheinungen werden durch die Erzählungen selbst ins Lächerliche gesetzt, wie die gegebenen Beispiele es beweisen, namentlich die des *Brau de sa Bufera*.

Die Geschichte vergrabener Schätze ist auf Mallorca sehr allgemein, und das Bestreben, dieselben aufzufinden, war bei der herrschenden Sparsamkeit eine sehr große. und zu wiederholten Malen hat man sie an manchen Stellen gesucht. Aber die Entdeckung der meisten hängt mit einer Zauberei zusammen, und auf derselben dreht sich die Sage.

Viele dagegen sind Maurenerinnerungen aus dem 15. und 16. Jahrhundert, welche einen großen Teil der Volkserzählungen bilden. Es sind wohl zumeist wahre Begebenheiten, welche die große Geschichte vergaß, deren Andenken sich aber vom Vater zum Sohne im Volke erhielt. Bald ist es die Erzählung ihrer Angriffe, bald jene von mallorquinischen Gefangenen, welche den Gegenstand dieser Fets bilden. Es war eine harte Zeit, diese der maurischen Streifzüge. Die Mauren, durch die Niederlage der kaiserlichen Flotte in den Gewässern von Djerbe, nach welcher sie mit spanischen Schädeln einen großen Turm bei Zug errichtet hatten, erkühnt, belästigten mit ihren Überfällen die spanischen Küsten und namentlich jene der benachbarten Balearen, speziell Mallorca. Wachttürme wurden der ganzen Küste entlang gebaut, und die einzelnen Turmwächter gaben mit Signalen von Rauch bei Tag und Feuer bei Nacht einer dem anderen das Alarmzeichen, der zuletzt auf die Torre del Angel des Palacio del Almudaina in

Palma sein letztes Echo fand, von wo die tunliche Hilfe ausgesandt wurde. Jede einzelnstehende Besitzung baute auch seinen eigenen Turm, und manche bewahren noch ihre Verteidigungsmittel: runde Steinkugeln, die man durch die Wurflücken (Matacans) herabwarf, und kleine Geschütze sowie starke feste Türen aus immergrünen Eichenholz, um den tunlichst engen und niederen Türeneingang zu versperren. Man trug auch Sorge, die einzelnen Besitzhäuser tunlichst nahe aneinander zu bauen, am Saume der gegenseitigen Grenzen statt im Zentrum des Gutes, um sich gegenseitig leichter zu verteidigen und zu helfen. Die Kirchen verwandelten sich in Festungen wie jene von Soller, mit ihrer festen Umzüngelungsmauer, mit Brustwehr und Schießscharten und ihrer stark gebauten Sakristei, eine Art Kasematte, die als Zufluchtsstätte für das Allerheiligste und die Wehrlosen dienen sollte: alte Leute, schwangere Frauen und Kinder, denn junge kräftige Frauen halfen ihrem Manne in der Verteidigung mit doppeltem Mute. In Deyá wachten zwei Männer auf der Terrasse des Turmes während des Gottesdienstes, um das Alarmzeichen zu geben: »Moros en Terra«, bei welchem alle zu den Waffen griffen. Und so baute man die Häuser tunlichst vom Meere versteckt, bald in der Tiefe eines Thales, bald durch einen Felsen verborgen, um nicht die Habsucht der Mauren zu erwecken. Die Ortschaften waren auch deswegen alle im Inlande gebaut, so dass, wenn man noch heutzutage um das dicht bevölkerte Mallorca segelt, man um eine unbewohnte Insel zu fahren wähnt. Und wie die Erinnerung an alles Schreckliche sich länger im Volke erhält und leichter einprägt, so lebt das Andenken an jene Schreckenszeit, welche die windstillen Tage als jene von leichtester Landung am meisten fürchtete, noch fort in dem Volke, und mit den Worten »Venen Moros« erschrecken noch die Mütter die unfolgsamen kleinen Kinder, und in Sollers Hafen wird noch jährlich das Scheingefecht der Landung der Mauren und der heldenmütigen Verteidigung durch die dortigen Bewohner unter der Führung des Kapitäns Angelat gefeiert, an welchem die ganze Bevölkerung den lebhaftesten Antheil nimmt, so wach lebt noch die Erinnerung im Volke.

Es ist insbesondere in den langen Winterabenden am Kaminherde in den einsam stehenden Besitzungen am Lande, namentlich des Gebirges, dass man die Rondayes anhören kann. Die Feldknechte (Missatjes) kehren von der Arbeit zurück an einem kalten Wintertag; zuerst werden die Pfluggespanne gepflegt und gefüttert und alle erscheinen dann in der großen langen Küche; es heißt Saubohnen für den nächsten

Tag einzuschneiden (sayar favas), aber die Arbeit für den Körper soll auch für die Seelen dienen, der Pächter (Amo) oder der erste Feldknecht (Missatje mayor) bedienen (serven) den Rosenkranz; sie gehen gemessenen Schrittes durch die Küche und beten vor, inzwischen bemühen sich die Knechte, mit der Saubohnenarbeit gleich fertig zu werden, ein jeder will mehr als nur möglich machen, um zur rechten Zeit bereit zu sein. Die Escudella, ein Gericht aus Saubohnen, die karge Mahlzeit dortiger Landbewohner, wird von der Madonna serviert, und nach dem Essen gehen alle an den breiten gemeinsamen Feuerherd sich wärmen. Schaffelle sind auf die an den Seiten gelegenen Mauerbänke ausgebreitet, und in der Mitte lodert ein dicker Stamm, am Ende halb verkohlt, der jeden Tag weiter geschoben wird, um das Feuer zu erhalten. Die Schäferhunde (Caus de bestiá) legen sich dem Feuer so nahe, dass fast ihr struppiges raues Haar davon brennt. Der Nordost tobt draußen grimmig, und durch die Spalten der Fensterpfosten sickert dann und wann ein kalter Sprühregen. Das kalte Schlafzimmer verlockt nicht die Missatjes, die Flamme brennt munter, stachelige Cytisen werden hineingeworfen, die besonders hell auflodern: Da ist die Zeit, wo die Rondayes am meisten zur Geltung kommen. Kein Laut, nirgends hin, außer das Heulen des

Windes, und der alte Hirt oder ein ergrauter Missatje erzählt die Rondayes von vergangenen Zeiten, welchen die jungen Leute mit offenem Munde gespannt zuhorchen, und auch die Madonna, die mit dem großen Cuerot die Escudella im Feuer rührt, hält inne, durch den Zauber derselben angezogen, und so geht es lange hin, bis das Feuer sich allmählich auslöscht und zur Ruhe gebietet. Häufig habe ich mir gedacht, ob diese Neigung zu den Erzählungen nicht eine unbewusste Erbschaft der Araber sei, die auch ihren Märchenerzählern stundenlang zuhören können.

Die festlichen Tage der Matanzas (Schweine schlachten), die Alt und Jung in fröhlichen Festen vereinigen und in denen man lange aufbleibt, um das Zubereiten der verschiedenen Selchwaren zu überwachen, geben auch viel Anlass zum Erzählen der Rondayes, in welchen ein jeder wetteifert. Aber auch selbst der einsame Kohlenbrenner (Ranchero) hat die seinigen in der Ruhe der immergrünen Eichenwälder, wie er die lodernde Sitja bewacht, und die junge Frau, die im Schatten der Orangenbäume, im betäubenden Duft ihrer Blüten, ihre Kinder damit unterhält.

# Sa Rondaya des Boch

## Das Märchen des Bockes

*Palma*

Es war ein König, der wollte sich vermählen, und man sagte ihm, dass ein gewecktes und witziges Mädchen vorhanden sei, das für ihn geeignet wäre.

Sobald der König dies erfuhr, ging er zum Hause dieses Mädchens und sagte zu demselben:

»Guten Morgen und was machtest du jetzt?«

»Ich kochte Hinauf und Hinunter.«

Der König, etwas überrascht über diese Antwort, frug es abermals:

»Und deine Mutter, wo ist sie?«

»Sie macht das, was man an Eurer Majestät machte, als sie klein waren.«

»Und dein Vater?«

»Zieht Leute aus ihrem Hause heraus.«

»Und dein Bruder

»Mein Bruder ist auf der Jagd, tötet das Wild und bringt das lebende zurück.«

Während der König verwundert noch dastand, kommt die Mutter an.

»Oh Herr König! So vornehme Besuche in meinem Hause. Sprechen Sie, was wünschen Sie von mir?«

»Ich wünsche, Ihr saget mir, was das Hinauf und Hinunter ist, das euere Tochter kocht, woher Ihr kommt und was Ihr gemacht habt, und das man auch an mir machte, als ich klein war«

»Nun gilt es, nun gilt es, das muss Ihnen meine Tochter gesagt haben. Die Hinauf und Hinunter sind die Kichererbsen, welche steigen und sinken, wenn sie kochen, ich komme von einer Taufe, zu der ich ein Kind getragen habe, denn ich bin Hebamme; mein Mann zieht Wurzeln aus der Erde, und mein Sohn, der eine Krankheit hatte, ist voll Läuse, und jetzt geht er hinter eine Wand und tötet alle, die er kann, und diejenigen, die er nicht töten kann, bringt er lebend wieder zurück.

»Das ist sehr gut, sagte der König, also du wirst mir morgen einen Korb voll Gelächter in meinen Palast senden.«

»Werde damit dienen«, antwortete sie.

Als der König fortgegangen war, kam der Vater an; die Mutter beklagte sich über die Kühnheit der Tochter, und er fragte diese: »Wie willst du aber dem König morgen einen Korb voll Gelächter senden? Nun gilt es, nun gilt es.«

»Habt keine Furcht, mein Vater, Ihr nehmet die Netze, gehet jagen und bringet mir alle Vögel, die Ihr fangen könnt.«

Ihr Vater ging auf die Jagd (alles wurde dort so gemacht, wie sie sagte) und kehrte abends zurück, mit Sperlingen beladen. Sie band dem einen einen Fuß, rupfte dem anderen die Federn des Kopfes aus, schnitt einem den Schweif ab, dem anderen rupfte sie den Bauch, einem anderen den Rücken, und als sie einen Korb voll hatte, sagte sie zu ihrem Vater, er möge den Korb in den Palast bringen, um den Befehl des Königs zu erfüllen.

Der König ließ ihn auf einen Tisch umwerfen, und ich glaube es schon, dass alles ein Gelächter war. Alsdann sagte er zu ihrem Vater:

»Saget eurer Tochter, dass es sehr gut sei und dass dieses hier ein Dutzend Eier sind (und er gab sie ihm, zerquetscht, in einen Topf), dass sie sie von einer Henne ausbrüten lassen solle, und wenn die Küchlein ausgekrochen sind, dass sie mir dieselben bringen solle.«

»Ei, ei«, dachte der Vater, »was wird meine Tochter jetzt machen?«

Sie aber, als sie das vernommen, verabschiedete sich fröhlich vom König.

»Mein Vater, nehmet diese Barcella (ein Maß Getreide) Gerste, gehet und mahlet sie, und wenn sie gemahlen ist, bringt sie dem König und saget ihm, er soll sie säen, und wenn es schnittreif sein wird, werden es die Hähnchen aufpicken.«

Also machte es ihr Vater, und als der König es vernahm, antwortete er ihm, er soll zu seiner Tochter gehen und ihr mitteilen, er lasse ihr sagen, sie solle auf dem Wege und außerhalb des Weges gehen, nicht angekleidet und nicht ausgezogen.

Der Vater, ganz verzweifelt, teilte der Tochter mit, was der König ihm gesagt hatte, und sie nahm munter ein Fischernetz, bedeckte sich damit und setzte sich auf einen Bock. Der Bock begann zu laufen und bald ging er auf dem Wege, bald außerhalb desselben.

Als der König merkte, dass er sie nicht fangen konnte, frug er sie, ob sie ihn heiraten wolle, aber mit der Bedingung, dass sie weder Ratschläge noch Hilfsmittel geben dürfe, und wenn sie deren gäbe, müsste sie den Palast verlassen.

»Es ist gut«, sagte sie, »aber ich mache auch die Bedingung, wenn ich weggehen muss, dass ich mitnehmen kann, was mir am meisten gefällt und was ich am liebsten habe.«

Der König willigte ein und sie heirateten. Bei der Hochzeit erschienen viele Ritter aus allen Ländern, und als sie frühstückten, warf die Stute eines der Ritter ein Füllen und das Füllen stellte sich unter einen Hengst. Als das Frühstück beendet war, fanden die Ritter das Füllen und der Besitzer des Hengstes beanspruchte dasselbe als sein Eigentum und wollte es nicht dem Eigentümer der Stute zurückgeben, der, wie ihr wohl verstehen könnt, ein Recht darauf hatte, und dieser ging, den Vorfall der Königin mitzuteilen.

»Saget nichts«, sagte ihm die Königin. »Der König wird jetzt mit seinen Rittern spazieren gehen, gehet zu dem Wege, auf dem sie zurückkommen müssen, und lasset in der Mitte desselben ein so großes Loch graben, dass sie dort fast nicht vorübergehen können. Der König wird Euch fragen, was Ihr macht, und ihr sollt ihm antworten, dass ihr Sardinen herauszieht, und wenn er Euch weiter fragt, so antwortet ihm dies und das.

Der Ritter machte es so, wie die Königin es ihm gesagt hatte. Es geschah, dass der König ihn frug, was er mache, und er antwortete ihm, dass er Sardinen herauszöge und dass der König ihm sagte:

»Wie ist es möglich, aus einem so trockenen Boden, Sardinen herauszuziehen.

»Es ist leichter möglich, aus einem trockenen Boden Sardinen herauszuziehen«, antwortete ihm der Ritter, »als dass ein Hengst ein Füllen werfe.«

»Das ist meine Frau, die Euch diesen Rath gegeben hat. Ich gehe augenblicklich zu ihr und schicke sie fort, nach ihrem Hause.«

»Es ist sehr gut, was ich soeben höre«, antwortete die Frau, »aber ich bitte dich, lass mich noch zu Abend essen, bevor ich weggehe.«

Der König willfahrte ihr, und sie tat Mohn in sein Glas und gab es ihm zu trinken. Als er fest eingeschlafen war, steckte sie ihn in einen Sack, legte ihn auf einen Karren und brachte ihn zu ihrem Hause, wo sie ihn auf ein Strohlager, hoch oben auf dem Dachboden, legte.

Als der König am anderen Morgen erwachte und sich ganz von Spinnengeweben umgeben fand, wusste er nicht, was mit ihm vorgegangen war. Seine Frau, die vor ihm stand, sagte ihm, dass sie die Bedingung, die sie vor der Heirat gemacht, erfüllt habe, dass sie, indem sie nach Hause zurückgekehrt sei, auch ihn mitgenommen habe, weil er das sei, was sie am meisten liebe.

Der König erlaubte ihr nun, dass sie machen könne, was sie wünsche, dass sie so viele Ratschläge und Hilfsmittel geben dürfe, als sie wolle und ihr gut scheine, und beide gingen mitsammen in den Palast zurück, und wenn wir noch nicht tot sind, dann leben wir noch.

# El Rey que parava faves
## Der König, der Saubohnen zubereitete

*Mallorca*

Es war ein König, welcher Saubohnen zubereitete, es fiel ihm der Speichel herab in ein Becken.

Jetzt kommt das Gute. – –

Es war ein König, welcher Saubohnen zubereitete, es fiel ihm der Speichel herab in ein Becken.

Jetzt kommt das Gute. – –

Es war ein König, welcher Saubohnen zubereitete, es fiel ihm der Speichel herab in ein Becken.

Jetzt kommt das Gute. – –

etc. etc.

## Sa Rondaya des Cabrit
### Das Märchen des Zickleins

*Mallorca*

»Das Märchen des Zickleins, ist es gut, wenn ich es euch erzähle?«

»Ja.«

»Hättet ihr nein gesagt, hätte ich es euch erzählt.«

»Nein.«

»Hättet ihr ja gesagt, hätte ich es euch erzählt.«

»Also ja.

»Hättet ihr nein gesagt, hätte ich es euch erzählt. – –«

# Eu Frarêt
## Das Mönchlein

*Pollensa*

Es war, oder auch nicht, eine gute Reise mache der Stieglitz, für dich einen Anmut und für mich eine Barcella (Zwei Getreidemaße).

Es war ein Mönchlein, das auf einem Weg ging und ein Sauböhnelein fand. Weiterhin fand er ein Häuschen, dem er sich näherte und er sagte:

»Ave Maria Purisima. Wollt Ihr mir dieses Sauböhnelein aufbewahren?«

»Ja, leget es auf den Knetetrog.«

Das Mönchlein legt das Böhnelein auf den Knetetrog und geht weg.

In jenem Hause hatten sie ein Hähnchen, das Hähnchen sprang herum, hüpfte auf den Knetetrog und fraß das Sauböhnelein.

Am folgenden Tag kehrte das Mönchlein zurück.

»Ave Maria Purisima. Wollt ihr mir wiedergeben das Sauböhnelein?«

»Oh Mönchlein! Das Hähnchen hat es gefressen.«

»Also«, sagte das Mönchlein, »entweder will ich das Sauböhnelein oder das Hähnchen.«

»Nehmet das Hähnchen, welches das Sauböhnelein gefressen hat.«

Das Mönchlein trug das Hähnchen fort und ging weiter und immer weiter; da hörte es zur Messe läuten. Es ging in ein Häuschen und fragte:

»Ave Maria Purisima! Wollet ihr mir dies Hähnchen aufbewahren, damit ich in die Messe gehen kann?«

»Ja, lasset es im Hofe.«

In ihrem Hause war ein Schweinchen, das herumschnupperte, das Hähnchen fand und auffraß.

Am folgenden Tag kam das Mönchlein wieder.

»Ave Maria Purisima! Gebet mir das Hähnchen wieder.«

»O Mönchlein! Wir haben ein Schweinchen, und das hat das Hähnchen gefressen.«

»Also entweder das Schweinchen oder das Hähnchen.«

»Nehmet das Schweinchen, welches das Hähnchen gefressen hat.«

Das Mönchlein trug das Schweinchen fort und ging weiter und immer weiter, da hörte es zu einer anderen Messe läuten. Es blieb bei einem Häuschen stehen und sagte:

»Ave Maria Purisima. Wollt ihr mir dieses Schweinchen aufbewahren, damit ich in diese Messe gehen kann?«

»Ja, sperret es in die Strohkammer.«

In jenem Hause hatten sie ein Maultierchen, und das Maultier schlug aus und tötete das Schweinchen.

Am folgenden Tag kehrte das Mönchlein zurück.

»Ave Maria Purisima. Wollt ihr mir das Schweinchen geben?«

»Oh Mönchlein. Wir haben ein Maultierchen, das hat ausgeschlagen und es getötet.«

»Also entweder das Schweinchen oder das Maultierchen?«

»Nehmet das Maultierchen, welches das Schweinchen getötet hat.«

Das Mönchlein führte das Maultierchen fort und ging mit ihm weiter und immer weiter. Da hörte es zu einer anderen Messe läuten. Es blieb bei einem Häuschen stehen und sagte:

»Ave Maria Purisima! Wollet ihr mir dieses Maultierchen aufbewahren, dass ich in die Messe gehen kann.«

»Ja, lasset es in die Strohkammer.«

In diesem Hause war ein Mädchen, das Catalineta hieß.

»Mutter, wollt ihr, dass ich das Maultierchen zur Tränke führe?«

»Nein, es könnte dir entfliehen und wir müssten es bezahlen.«

»Nein Mütterchen, es wird mir nicht entfliehen.«

»Also gehe hin.«

Catalineta ging, es zu tränken, und das Maultierchen entfloh.«

Am darauffolgenden Tage kehrte das Mönchlein zurück und sagte:

»Ave Maria Purisima! Wollet Ihr mir das Maultierchen wieder geben?«

»Oh Mönchlein! Die Catalineta hat es zur Tränke geführt und es ist ihr entflohen.«

»Also das Maultierchen oder die Catalineta.«

»Nehmet die Catalineta, welche das Maultierchen verloren hat.«

Das Mönchlein steckte die Catalineta in den Hadernsack und geht weiter und immer weiter, da hörte es zu einer anderen Messe läuten.

Es blieb bei einem Häuschen stehen und sagte:

»Ave Maria Purisima! Wollet Ihr mir diesen Hadernsack aufbewahren, damit ich in die Messe gehen kann?«

»Ja, hängt ihn an jenen Wandkloben.«

Das Mönchlein ließ den Hadernsack, und als es fortgegangen war, hörte die Hausfrau, dass die Catalineta im Hadernsack weinte, sie öffnete ihn und sah, dass es ein sehr schönes Mädchen war. Sie hatte keines und sagte zu ihr:

»Schau; verrate nichts, du kannst bei uns bleiben, wir wollen einen gebundenen, wütenden Hund, anstatt deiner, in den Hadernsack stecken.«

Also machte es die Frau und am folgenden Tag kam das Mönchlein wieder.

»Ave Maria Purisima! Wollet Ihr mir den Hadernsack geben?«

»Ja nehmet ihn.«

Das Mönchlein nahm den Hadernsack, und als es weit vom Hause entfernt war, fing es an, mit sich zu sprechen.

»Aus einem Sauböhnelein ein Hähnchen, aus einem Hähnchen ein Schweinchen, aus einem Schweinchen ein Maultierchen, aus einem Maultierchen eine Catalineta.«

»Catalineta komm heraus und gebe mir ein Küsschen.«

Er öffnete den Hadernsack und es sprang ein Hund heraus, der ihm die Nase abfraß.

»Catalineta klagte er, welchen Ärger verursachst du mir! Jetzt habe ich kein Näschen mehr.«

Das ist das Märchen des Mönchleins, es ist gesagt, esse es gebacken, und wenn es dir nicht gefällt, werfe es auf das Dach.

# Sa rateta

## Das Mäuschen

*Mallorca*

Es war ein Mäuschen, welches den Platz kehrte und darauf ein Geldstückchen fand und sagte:

»Was soll ich damit machen, was soll ich damit machen? Kaufe ich Haselnüsschen? Nein, sonst müsste ich die Schälchen wegwerfen. Kaufe ich Nüsschen? Nein, ich müsste die Schälchen wegwerfen. Kaufe ich Mandelchen? Nein, ich müsste die Schälchen wegwerfen.

Ich werde mir einen Krautkopf kaufen und mir daraus ein Häuschen machen. Aus den Stängeln mache ich die Balken, aus den größeren Blättern die Wände, aus den kleineren Blättern werde ich die Scheidewände, aus den feinsten Blättchen werde ich ein Bettchen und Leintüchlein machen.«

Also begann es zu machen, und wie das Häuschen fertig war, stellte es sich auf den Balkon. Inzwischen ging eine Lämmerherde vorbei.

»Mäuschen willst du mich heiraten?«, sagten viele.

»Wenn ihr gut singet.«

»Bèèèè ...«

»Gehet weiter, gehet weiter, das ganze Häuschen erzittert und mich erschreckt ihr.«

Es kam eine Herde Truthühner vorbei.

»Mäuschen, willst du mich heiraten?«

»Wenn ihr gut singet.«

»Piöp, piöp, piöp ...«

»Gehet vorüber, gehet vorüber, das ganze Häuschen erzittert und mich erschreckt ihr.«

Es ging eine Hahnenherde vorbei.

»Mäuschen, willst du mich heiraten?«

»Wenn ihr gut singet.«

»Quet-que-requech, quet-que-re-quech –«

»Gehet vorüber, gehet vorüber, das ganze Häuschen erzittert und mich erschreckt ihr.«

Es ging eine Herde von großen Katzen vorüber.

»Mäuschen, willst du mich heiraten?«

»Wenn ihr gut singet.«

»Miau, miau, miau ...«

»Gehet vorüber, gehet vorüber, das ganze Häuschen erzittert und mich erschreckt ihr.«

Es ging eine Herde kleiner Katzen vorbei.

»Mäuschen, willst du mich heiraten?«, fragte ein hinkendes Kätzchen.

»Wenn ihr gut singet.«

»Mièu, mièu, mièu ...

»Tretet herein, tretet herein, damit ihr das ganze Häuschen erheitert und mich auch.«

Es traten die kleinen Kätzchen herein und das Mäuschen heiratete das hinkende Kätzchen.

Das Abendessen der Hochzeit schadete ihm und in der Nacht machte das Mäuschen seine Bedürfnisse in das Bett.

Am Morgen nach dem Aufstehen ging es mit den Leintüchern zum Trog, um sie zu waschen, fand aber dort kein Wasser.

Es nahm das Leintüchlein und ging zu einem Wasserbehälter, um zu waschen, und fiel hinein.

Als das Kätzchen hinkam, sah es, dass es am Ertrinken war, und sagte zu ihm:

»Mäuschen, willst du, dass ich dich bei einem Öhrchen herausziehe?«

»Nein, du würdest mir wehe tun.«

»Mäuschen, willst du, dass ich dich bei einem Beinchen herausziehe?«

»Nein, du würdest mir wehe tun.«

»Mäuschen, willst du, dass ich dich bei einem Füßchen herausziehe?«

»Nein, du würdest mir wehe tun.«

Das Kätzchen nahm es beim Schwänzchen und zog es sorgsam heraus, ohne ihm wehe zu tun. Das Mäuschen stellte sich unter einen Mandelbaum, um sich zu trocknen. Es war die Zeit der reifen Mandeln und eine Mandel fiel auf das Mäuschen herab und spaltete ihm das Schnäuzchen.

Das Kätzchen ging zum Hause eines Schusters und fragte ihn:

»Schuster, willst du mir Wichs geben, um meinem Mäuschen das Schnäuzchen zusammenzukleben?«

Dieser sagte:

»Wenn du mir Borsten gibst.«

Das Kätzchen ging zu einem Schweine.

»Schwein, willst du mir Borsten geben? Borsten werde ich dem Schuster geben, der Schuster wird mir Wichs geben, um das Schnäuzchen meines Mäuschens zu heilen.«

Dieses sagte:

»Wenn du mir Kleie gibst.«

Es ging zu einem Bäcker.«

»Bäcker, willst du mir Kleie geben? Kleie werde ich dem Schweine geben, das Schwein wird mir Borsten geben, die Borsten werde ich dem Schuster geben, der Schuster wird mir Wichs geben, um das Schnäuzchen meines Mäuschens zu heilen.«

Dieser sagte:

»Wenn du mir Mehl gibst.«

Es ging zu einem Müller.

Müller, willst du mir Mehl geben? Mehl werde ich dem Bäcker geben, der Bäcker wird mir Kleie geben, die Kleie werde ich dem Schweine geben, das Schwein wird mir Borsten geben, Borsten werde ich dem Schuster geben, der Schuster wird mir Wichs geben, um das Schnäuzchen meines Mäuschens zu heilen.«

Dieser sagte:

»Wenn du mir Weizen gibst.«

Es ging zu einem Felde.

»Feld, willst du mir Weizen geben? Weizen werde ich dem Müller geben, der Müller wird mir Mehl geben, Mehl werde ich dem Bäcker geben, der Bäcker wird mir Kleie geben, Kleie werde ich dem Schweine geben, das Schwein wird mir Borsten geben, Borsten werde ich dem Schuster geben, der Schuster wird mir

Wachs geben, um das Schnäuzchen von meinem Mäuschen zu heilen.«

Dieses sagte:

»Wenn du mir Wasser gibst.«

Es ging zu einem Brunnen.

»Brunnen, willst du mir Wasser geben? Wasser werde ich dem Felde geben, das Feld wird mir Weizen geben, Weizen werde ich dem Müller geben, der Müller wird mir Mehl geben, Mehl werde ich dem Bäcker geben, der Bäcker wird mir Kleie geben, Kleie werde ich dem Schweine geben, das Schwein wird mir Borsten geben, Borsten werde ich dem Schuster geben, der Schuster wird mir Wichs geben, um das Schnäuzchen meines Mäuschens zu heilen.«

Dieser sagte:

»Wenn du mir einen Strick gibst.«

Es ging zu einem Spartgrasflechter.

»Spartgrasflechter, willst du mir einen Strick geben? Den Strick werde ich dem Brunnen geben, der Brunnen wird mir Wasser geben, das Wasser werde ich dem Felde geben, das Feld wird mir Weizen geben, Weizen werde ich dem Müller geben, der Müller wird mir Mehl geben, das Mehl werde ich dem Bäcker geben, der Bäcker wird mir Kleie geben, die Kleie werde ich dem Schweine geben, das Schwein wird mir Borsten geben, die Borsten werde ich dem Schuster geben, der Schuster wird mir Wichs geben, um das Schnäuzchen meines Mäuschens zu heilen.«

Dieser sagte:

»Ich will dir nichts davon geben.«

Das Kätzchen kehrte zum Mäuschen zurück und leckte ihm das Schnäuzchen, um zu sehen, ob es heilen würde, und wie es das Blut kostete und merkte, dass es gut schmeckte, bekam es Lust und fraß das Mäuschen.

Und daher kommt es, dass die Katzen die Mäuschen fressen.

# Na bufa fochs
## Die Feuerbläserin

*Manacor*

Es gab einen Mann, der Witwer war und eine sehr schöne Tochter hatte, der heiratete von Neuem. Die Stiefmutter konnte das Mädchen nicht ausstehen und quälte es sehr, bis sie es eines Tages aus ihrem Hause fortjagte. Das Mädchen weinte und weinte immerfort, dachte sich als Dienstmädchen zu verdingen, und als es zu diesem Zwecke ein Haus aufsuchen wollte, erschien ihm eine sehr schöne Frau und frug, warum es so viel weine; es erzählte ihr, dass die Stiefmutter es weggeschickt habe und dass es sich jetzt verdingen wolle. Jene Dame tröstete es und gab ihm zwei Flaschen, indem sie sagte:

»Wenn du dich mit dem Wasser der einen Flasche wäschst, wirst du sehr garstig werden, aber wenn du es aus der anderen nimmst, wirst du wieder sehr schön werden.«

Jene Dame gab ihr auch drei Mandeln, damit es sie öffnen könne, wenn es einen Wunsch habe.

Sie wusch sich mit dem Wasser der ersten Flasche, ging fort in ein Haus und sagte:

»Guten Tag, könnt Ihr nicht ein Dienstmädchen brauchen?«

»Nein wir brauchen keines«, antwortete die Dame.

Die Köchin, welche dem Mädchen aufgemacht hatte, sagte zur Frau:

»Dame, ich glaube, Sie sollten sie nehmen, sie wird wenigstens zum Feueranblasen zu gebrauchen sein.«

Sie blieb im Hause und alle hießen sie die Feuerbläserin.

Eines Tages sagte sie zu ihm:

»Feuerbläserin decke doch den Tisch.«

Und sie deckte auf und vergaß, das Salznäpfchen darauf zu setzen.

»Feuerbläserin das Salznäpfchen«, schrie der Herr, der ein Sohn der Dame war. Die Feuerbläserin brachte ihm gleich das Salznäpfchen.

Am folgenden Tage deckte sie wieder auf und vergaß, eine Gabel zu legen.

»Feuerbläserin, Salznäpfchen und Gabel fehlen auf dem Tische«, schrie wieder der Herr, und die Feuerbläserin brachte ihm die Gabel.

Der Herr konnte das Mädchen nicht leiden und wollte es nicht dulden.

Inzwischen ereignete es sich, dass man einen Ball in jenem Dorfe gab, auf den der Herr ging.

Die Feuerbläserin ging zur Dame und bat sie, dass sie ihr erlaube, ebenfalls hinzugehen, und die Dame sagte ihr:

»Nein, mein Sohn soll hingehen, und wenn er dich sehen würde, möchte er sich ärgern.«

»Dämchen lasst mich gehen, er wird mich nicht erkennen.«

»Nein«, sagte wieder die Dame, »wenn er es erfahren würde, möchte er sich ärgern.«

»Lassen Sie mich gehen Dämchen, ich versichere Sie, dass er mich nicht erkennen wird.«

Sie bat so viel; bis schließlich die Dame es zugab.

Sie ging nun weg, wusch sich mit dem Wasser aus jener Flasche, das schön machte, zerschnitt eine der Mandeln, die jene Dame ihr gegeben hatte, darin war ein rosenfarbiges Kleid, das zog sie an und ging auf den Ball.

Der Herr, der schon anwesend war, kam gleich, wie er sie sah, auf sie zu, sagte ihr, dass er mit ihr tanzen wolle, und schenkte ihr ein Armband. Als der Ball zu Ende war, wollte der Herr um jeden Preis sie heimbegleiten, und sie wollte dies auf keinem Falle, endlich sagte sie ihm, dass, wenn er sie nicht begleite, so werde er sie am folgenden Tag auf einem anderen Balle sehen, und sie versicherte ihm, dass sie dahin kommen werde. So verabredeten sie es, und sie eilte schnell davon, wusch sich wieder mit dem Wasser, welches hässlich werden ließ, und legte sich zu Bette. Als der Herr nach Hause kam, schlief sie schon und er konnte nichts bemerken.

Am folgenden Morgen ging der Sohn zur Mutter.

»Jesus, meine Mutter! Was für ein schönes Mädchen habe ich auf dem Balle gesehen, ich bin in dasselbe verliebt und ich will es heiraten.«

»Aber wer ist sie?«

»Ich weiß es nicht, sie war mir unbekannt, aber sie hat mir versprochen, dass sie heute Abend wieder auf den Ball kommen wird und dass wir uns würden sehen.«

Als es Abend war, kam die Feuerbläserin wieder zur Dame.

»Liebe Dame, er hat mich nicht erkannt, lasst mich auch heute hingehen.«

»Nein, wenn er dich erkennen möchte, würde er sich ärgern, dass ich dich hingehen ließ.«

»Dämchen, er wird mich nicht kennen, lasset mich hingehen.«

So lange bat sie, bis es ihr erlaubt wurde, wieder hinzugehen.

Sie ging weg, wusch sich mit dem Wasser aus der Flasche, das schön machte, zerschnitt eine andere Mandel und fand darin ein ganz rotes Kleid.

Sie zog es an und ging zum Balle.

Der Herr, als er sie sah, setzte sich gleich an ihre Seite, sagte ihr abermals, dass er mit ihr tanzen wolle, und schenkte ihr Ohrgehänge.

Als es Zeit war, heimzugehen, wollte er sie begleiten, sie erlaubte es ihm nicht und sagte ihm, dass, wenn er sie nach Hause begleite, würde sie nicht mehr kommen, er solle sie allein gehen lassen und sie würde am folgenden Tage, an dem der letzte Ball war, wiederkommen. Er stimmte zu, nur um sie auf dem kommenden Ball wieder sehen zu können.

Als sie wieder zu Hause war, wusch sie sich mit dem anderen Wasser und legte sich zu Bette, ohne dass jemand etwas bemerkte.

Am folgenden Tag ging sie zur Dame und sagte zu ihr:

»Dame, er hat mich nicht erkannt, ich bitte, lasst mich heute Nacht wieder dahin.«

»Nein, denn er wird dich diesmal erkennen, und wenn er erfährt, dass ich dich hingehen ließ, wird er sich ärgern.«

»Dämchen, lasset mich noch den letzten Abend hingehen, er wird mich nicht erkennen.«

Sie bat so lange, bis sie sie gehen ließ.

Am Abend wusch sie sich wieder mit dem Wasser, welches schön machte, zerschnitt die andere Mandel und darin war ein Kleid, ganz himmelfarbig mit Gold gestickt, sie zog es an und ging zum Ball.

Dort kam der Herr, sowie er sie sah, zu ihr, setzte sich an ihre Seite, tanzte den ganzen Abend mit ihr und schenkte ihr ein Brustnädelchen. Weil es der letzte Ball war, wünschte er sehr, sie nach Hause zu begleiten, um zu erfahren, woher sie sei, aber sie wollte es um keinen Preis und ging fort, ohne dass er es bemerkte.

Sie ging nach Hause, wusch sich mit dem anderen Wasser, welches garstig machte und legte sich zu Bett, ohne jemanden etwas davon zu sagen.

Der Herr, als er sah, dass sie ihm entlaufen war, ging sehr traurig nach Hause, erzählte der Mutter alles, was ihm zugestoßen war, und sagte ihr, dass er gehen wolle, um jenes Mädchen zu suchen.

Am folgenden Tag reiste er ab, um sie zu suchen, und trug der Mutter auf, sie solle schauen, ob sie auch etwas von ihr erfahren möchte.

Einige Tage nach seiner Abreise musste man ihm Brot schicken, und die Feuerbläserin sagte zur Dame:

»Dämchen, wollt Ihr, dass ich das Brot knete?«

»Nein, wenn mein Sohn es erfährt, möchte er nicht davon essen.«

»Er wird es nicht erfahren, Dämchen, lasset mich Brot kneten.«

Sie bat so lange, bis die Dame endlich zustimmte.

Sie begann zu kneten, und in jeden Laib Brot steckte sie ein Briefchen, welches hieß:

*Erbe des Hauses*
*Wohin gehst du und woher kommst du?*
*Das was du suchest*
*In deinem eigenen Hause hast du es.*

Als der Herr das erste Brot brach, fand er das Briefchen, er las es und sehr befriedigt sagte er zu den Dienern, die ihn begleiteten:

»Gehen wir, weil meine Mutter das Mädchen schon gefunden hat, meine Mutter hat es gefunden«, und voll Freude reiste er rasch ab.

Als er ankam, fragte ihn seine Mutter:

»Hast du sie schon gefunden, dass du sobald zurückkehrst?«

»Was wollen Sie sagen, haben Sie sie nicht gefunden«, erwiderte er.

»Ich nicht.«

»Sie haben es mir doch sagen lassen!« Und er erzählte ihr, was er in dem Brot gefunden hatte.

Um nicht zu verraten, dass die Feuerbläserin das Brot geknetet habe, sagte sie, dass es sehr sonderbar wäre und dass sie nicht wüsste, wie es war.

Der Sohn ging wieder fort, um das Mädchen zu suchen, und beauftragte seine Mutter, sie solle es ihm mitteilen, wenn sie etwas erfahre.

Als man ihm wieder Brot schicken musste, sagte die Feuerbläserin wieder:

»Dämchen, lasset mich das Brot kneten.«

»Nein, dass du mir wieder einen Streich machst, wie das letzte Mal, das will ich nicht.«

»Dämchen, lasset mich das Brot kneten, er soll es nicht erfahren, dass ich geknetet habe.«

So lange bat sie, bis sie sie kneten ließ. Sie bereitete das Brot und steckte in jeden Laib wieder ein Briefchen, welches dasselbe sagte:

*Erbe des Hauses*
*Wohin gehst du, woher kommst du?*
*Das was du suchest*
*In deinem eigenen Hause hast du es.*

Als der Herr wieder das Briefchen las, sagte er:

»Dieses Mal wird es wahr sein; meine Mutter muss sie schon gefunden haben.«

Und ganz befriedigt kehrte er nach Hause zurück.

Als er ankam, ging die Mutter auf ihn zu.

»Was bringst du dieses Mal? Hast du sie schon gefunden?«

»Nein ich habe sie nicht gefunden.«

Und er sagte ihr, wie er wieder das Briefchen gefunden habe.

Von dem Tage an fing er an zu kränkeln und vermochte sich nicht wieder auf den Weg zu begeben, um das Mädchen zu suchen. Er siechte dahin und verlor täglich mehr die Kräfte.

Eines Tages musste er sich zu Bette legen, man sollte ihm Süppchen geben, und die Feuerbläserin sagte zur Dame:

»Dämchen, soll ich es ihm bringen?«

»Nein, damit er im Stande wäre, dir die Suppenschale an den Kopf zu werfen, ich will es nicht.«

»Erlaubt, dass ich es ihm bringe, Ihr werdet sehen, dass er sie essen wird.«

So lange bat sie, bis schließlich die Dame sagte:

»Gehe, bringe es ihm.«

Sie ging weg, goss das Süppchen in die Suppenschale, darauf tat sie das Brustnädelchen, dass ihr der Herr auf dem Balle gegeben hatte, dann stellte sie eine andere Suppe darauf, dann die Ohrgehänge, dann eine andere Suppe, dann das Armband und wieder eine andere Suppe darauf, und so brachte sie es ihm.

Als der Herr sie sah, begann er zu schreien:

»Augenblicklich hinaus, ich will Sie nicht hier darin haben, ich will Sie nicht sehen.«

»Lieber Herr, verkosten Sie doch, Sie werden sehen, dass sie gut ist.«

»Nein, ich will es nicht.«

»Verkosten Sie, es wird Ihnen schmecken.«

»Nein, geh hinaus.«

»Lieber Herr, essen Sie eine.«

»Nur damit du weggehst«, und er aß die obere Suppe, und als er das Armband fand, erstaunte er und sagte:

»Du weißt von meinem Mädchen; du kannst mir sagen, wo es ist, gestehe, wer dir dies gab.«

Sie sagte nichts Weiteres als:

»Lieber Herr, essen Sie die andere, die noch viel besser sein wird.«

Er aß sie und fand die Ohrgehänge.

»Esst auch die andere, die noch besser ist.«

Und er aß sie und fand das Brustnädelein.

»Du kannst mir schon sagen, wo mein Mädchen ist, du weißt es.«

»Wollen Sie sie sehen?«

»Ja und sofort.«

Die Feuerbläserin wusch sich mit dem Wasser, zog das rosenfarbige Kleid an, zeigte sich dem Herrn und fragte:

»War es diese?«

»Ja sie war es, das ist mein Mädchen.«

Sie ging wieder weg, zog das rote Kleid an und fragte wieder:

»War es diese?«

»Ja sie war es.«

Und sie ging wieder weg, um das himmelblaue, ganz mit Gold gestickte Kleid anzuziehen und fragte wieder:

»War es diese?«

»Ja sie war es, ja meine Mutter, diese ist mein Mädchen.«

Nach wenigen Tagen war er gesund, sie heirateten, und beide lebten, bis sie starben.

## Sa Cadeneta
Das Kettchen

*Palma*

Es war ein Vater, der hatte drei Söhne, einer hieß Anton, einer Johann und ein anderer Bernhard.

Er fühlte sich krank, die drei Söhne waren schon erwachsen und er sagte zu ihnen:

»Ich sehe, dass meine Tage zu Ende gehen, und ich wünschte, dass ich euch viel hinterlassen könnte, aber da ich nur wenig habe, so werde ich euch alles geben, was ich besitze, und wenn ihr es wisset auszunützen, wird es euch viel sein. Wenn ich tot und begraben bin, werdet ihr alle drei zusammen auf jenem Weg spazieren gehen, und nachdem ihr weit gegangen seid, werdet ihr eine Höhle finden. Der Erstgeborene wird zuerst hineingehen, dann der Zweite und dann der Jüngste. Wenn ihr weit hineingegangen seid, werdet ihr einen Türflügel finden und ihr sollt sagen: ›Türflügel öffne dich, Türflügel schließe dich.‹ Es wird sich ein Loch öffnen, ihr werdet die Hand hineinstrecken und herausziehen, was ihr findet.«

Der Vater starb nach einigen Tagen, sie besorgten die Leiche, und als er begraben war, gingen die drei Söhne, um das zu tun, was der Vater ihnen gesagt hatte. Sie fanden die Höhle, gingen hinein und fanden den Türflügel. Der älteste Sohn, als es Zeit war, zu sagen: »Türflügel öffne dich – Türflügel schließe dich«, bekam Furcht und wollte sich nicht nähern.

Der zweite Sohn sagte:

»Ich werde kühner sein wie du.«

Er ging zum Türflügel, als er aber gesagt hatte: »Türflügel öffne dich«, bekam er viel Furcht und kehrte schnell zurück.

Bernhardchen, welches der Jüngste war, ging hin und machte alles so, wie der Vater es gesagt hatte, er streckte die Hand in das Loch und zog eine Börse heraus.

»Was hast du herausgezogen?«, fragten ihn die anderen zwei Brüder.

Er sagte: »Eine Börse.«

»Für eine Börse hätte ich sie schon entbehren können«, antwortete der eine.

Er sagte: »Aber sie ist mit Geld gefüllt. Wollt ihr, dass wir es zählen?«

Sie zählten es, und wenn sie noch so viel zählten, so war immer mehr Geld darin.

Bernhardchen sagte ihnen:

»Ärgert euch nicht, das ist die Börse, die man nie erschöpft. Wir wollen das Geld unter uns teilen.«

Aber der Zweite antwortete:

»Ich will sehen, was mein Los sein wird.«

Er kehrte zum Türflügel zurück, indem er sagte: »Türflügel öffne dich, Türflügel schließe dich«, streckte die Hand hinein und brachte eine Kette von vier Spannen heraus.

»Ich will auch hineingreifen«, sagte nun der Älteste, »will auch mein Los sehen.« Er ging hin und sagte: »Türflügel öffne dich, Türflügel schließe dich«, und brachte ein Horn heraus.

Die beiden älteren Brüder wurden zornig, als sie das betrachteten, was sie herausgezogen hatten, weil sie meinten, dass es ihnen zu nichts dienen könnte. Der Zweite warf seine Kette in ein Loch, aber gleich fand er sich selber bei der Kette und sagte:

»Kette bringe mich zurück, wo ich war!«

Und die Kette brachte ihn dahin zurück.

Der Älteste begann auf dem Horn zu blasen, und als er blies, kamen viele Soldaten aus demselben.

»Kehret wieder in das Horn zurück«, sagte er ihnen, und alle Soldaten versteckten sich wieder in dem Horn.

Als der Jüngste das sah, sagte er zu ihnen:

»Nun, ihr könnt auch zufrieden sein mit dem, was ihr erhalten habt. Ich werde auch jedem einige Münzen geben, wir wollen uns bei diesen drei Wegen trennen, ein jeder wird einen anderen Weg einschlagen, und nach einem Jahr wollen wir wieder zusammentreffen und sehen, wie es uns ergangen ist.«

Sie nahmen Abschied und trennten sich, und Bernhardchen kam zu einer Ortschaft und verliebte sich in die Tochter eines Grafen; aber die Tochter des Grafen wollte ihn nicht. Er wusste nicht, was er beginnen sollte, damit sie ihn möchte, und eines Nachmittags ging er spazieren und dachte immer und immer an das Mädchen. Er fing an, Birnen zu essen, und er bemerkte, dass für jede Birne, die er gegessen hatte, an seinem Kopf ein großer Dorn herauskam. Ganz verdrießlich weitergehend findet er einen Feigenbaum und begann Feigen zu essen, und für jede Feige, die er aß, fiel ihm ein Dorn ab.

»Gut geht es«, sagte er, »das muss mir dazu dienen, dass die Tochter des Grafen mich will.«

Er fand einen Hirten; fragte ihn, ob er ihm sein Kleid umtauschen wollte, und, das glaube ich gern, der Hirte sagte ihm gleich ja, besonders weil das seinige, welches er trug, schon sehr alt war. Als er wie ein Hirte angezogen war, suchte er einen Korb, füllte ihn mit Birnen, ging vor dem Hause des Grafen auf und ab, indem er schrie:

»Wer will Birnen kaufen?«

Die Tochter des Grafen, welche sehr naschhaft war, rief ihn gleich herbei, kaufte ihm Birnen ab und fing an, dieselben zu essen. Das glaube ich schon! Gleich hatte sie den Kopf voll Dornen. Als sie sich im Spiegel beschaute und das sah, erschrak sie dermaßen, dass sie fast starb, und von den vielen Ärzten, die sie zu sich rufen ließ, wusste ihr keiner die Dornen zu entfernen, weil sie sehr stark und sehr trocken waren.

Bernhardchen verkleidete sich als Arzt, ging zum Hause des Grafen und sagte ihm, dass er im Stande sei, die Dornen vom Kopfe seiner Tochter wegzubringen. Der Graf erwiderte ihm, dass, wenn er das möglich machen könne, dürfe er sich mit ihr vermählen. Er ließ sie Pillen von jenen Feigen nehmen und alle Dornen fielen ab.

Als sie genesen war, sagte ihr Bernhardchen, dass er derjenige sei, den sie nicht wollte, dass es keine andere Hilfe für sie gäbe, als sich mit ihm zu vermählen. Ihr gefiel er schon, aber der Graf wünschte, dass sie sich mit einem sehr reichen und sehr mächtigen Mann vermählen solle.

»Reich?«, sagte er. »Ich habe eine Börse, in der nie das Geld ausgeht.« Und er zog seine Börse heraus und fing an, Geld herauszunehmen, und hörte damit nie auf.

»Ja, sagte der Graf, ich sehe, dass Ihr ein reicher Mann seid, aber ich wünschte, dass Ihr auch viele Macht und viele Truppen hättet.«

»Ich habe alles, was ich will, nur wartet bis Morgen und ich werde euch meine ganze Macht zeigen«, sagte Bernhardchen.

An jenem Tage war es ein Jahr, dass er sich von seinen Brüdern verabschiedet hatte, am Nachmittag ging er auf jenen Weg und traf sie beide.

Er sagte ihnen: »Ihr müsst mir das Horn und die Kette borgen, ich werde beides euch wieder zurückgeben.«

Die Brüder gaben es ihm und er kehrte zum Hause des Grafen zurück.

»Graf«, fragte er ihn, »wohin wollen Sie jetzt reisen?«

Er sagte: »Nach China.«

»Kette«, sagte er, »bringe uns nach China.«

Sofort befanden sie sich in China.

»Kette, bringe uns nach Hause zurück.«

In einem »Sanctus amen« waren sie wieder zu Hause.

»Graf, tretet mit euerer Tochter auf den Balkon.«

Der Graf und seine Tochter gingen auf den Balkon hinaus und sahen den ganzen Hof voll Soldaten aller Art.

»Mein Vater«, sagte die Tochter, »verlange nichts mehr, weil dieser Mann der meinige ist, ich will keinen anderen mehr.»

Bernhardchen gab seine Hand der Tochter des Grafen, in einigen Tagen heirateten sie und lebten zufrieden, bis sie starben.

## Eus tres conseys
### Die drei Ratschläge

*Pollensa*

Es waren ein Mann und eine Frau, welche vor kurzer Zeit geheiratet hatten. Sie waren sehr arm, und der Mann entschloss sich, in die weite Welt zu gehen, um zu sehen, ob er nicht ein Kapitälchen zusammenbringen könnte. Er geht und geht immer weiter; endlich fand er eine Gasse, und in einem Hause hörte er einen Herrn, welcher Rechnungen machte und dazu sagte:

»So viel und so viel ist so viel ...«

»Aber nein, das geht nicht gut ...«

»So viel, so viel und so viel ist so viel, aber nein, meine Rechnung stimmt nicht.«

Jener Mann blieb ein wenig stehen, um ihn anzuhören und betrat dann das Haus.

Er fragte:

»Herr, mit was sind Sie verlegen?«

Er sagte:

»Ich habe eine Rechnung zu ordnen, und ich kann sie nicht abschließen.«

»Wollen Sie, dass ich sie Ihnen mache?«

Er sagte:

»Wenn Ihr glaubt, dass Ihr dazu fähig seid.«

»Das ist eine sehr leichte Sache«, antwortete er.

Nun also.

Er sagte:

»So viel, so viel und so viel ist so viel.«

»Ihr seid geschickt zum Rechnungen abschließen«, sagte der Herr, »und wenn Ihr bleiben wollt, um mir die Rechnungen zu führen, könnt Ihr jetzt gleich dableiben.«

Der Mann sagte zu, und der Herr fragte ihn, welchen Lohn er wolle und er antwortete ihm:

»Was Sie mir geben werden.«

Nach langer Zeit, als er sich schon viel Geld erspart hatte, entschloss er sich, nach Hause zurückzukehren, um seine Frau wiederzusehen, welche er seit vielen Jahren nicht mehr gesehen hatte; und er sagte es dem Herrn, und dieser bemerkte ihm, dass es ihm sehr leidtue, aber über sein Weggehen habe er zu verfügen.

Bei der Abreise ließ ihn der Herr für das, was er mit dem Schweiße seiner Stirne verdient hatte, wählen zwischen einer großen Geldsumme und drei Ratschlägen, und er wählte die drei Ratschläge.

Der erste war, dass er nie die alten Wege für neue vertauschen solle.

Der zweite war, dass er nie fragen solle, warum eine Sache sei und warum nicht.

Der dritte Ratschlag war, bevor er eine Sache beginne, solle er dreimal darüber nachdenken.

Sodann gab er ihm einen Laib Brot und sagte ihm, dass er es nicht eher anschneiden solle, bis zu dem Tag, an dem er die größte Freude hätte.

Er reiste ab, und auf dem Wege fand er zwei Männer an einer Stelle, wo sich zwei Wege kreuzten. Sie sagten zu ihm:

»Gehet mit uns, auf diesem Wege werden wir früher ankommen«, und er dachte an den Ratschlag des Herrn und sagte zu sich »Nein, ich will die alten Wege nicht für die neuen vertauschen.«

Die Männer gingen fort auf dem kürzeren Weg und er auf dem alten Weg. Sie gingen weiter, immer weiter, und fanden sich endlich zusammen, und von den zweien, die er verlassen hatte, erschien nur einer, weil der andere durch Diebe, die sie getroffen hatten, ermordet worden war. Der Mann, der am Leben geblieben, sagte zu ihm:

»Wisset, dass Ihr gut getan habt, die alten Wege nicht für die neuen zu vertauschen.«

Er verfolgte seinen Weg weiter, es überraschte ihn die Dunkelheit und er erblickte ein Lichtchen und ging geradeaus darauf zu. Da fand er ein Landgut und fragte, ob man ihm für jene Nacht Unterkunft geben wolle.

Sie sagten ja, und am folgenden Morgen fragte er, ob er fortgehen könne, und sie sagten ihm nein, weil alle, welche dahin kämen, drei Tage bleiben mussten. Er blieb die drei Tage und sie gaben ihm gut zu essen und zu trinken, und dann frug er abermals, ob er weggehen könne.

Der Pächter bejahte es, »indessen könnt Ihr sagen, dass Ihr der Glücklichste seid von allen Leuten, die hierher gekommen sind«, weil sie immer gefragt hatten, warum es so sei, warum es nicht so sei, dass sie drei Tage dableiben sollten, und alle, die das fragten, seien in einem Zimmer aufgehängt worden, wo bereits viele Totengerippe sind.

Er reiste ab und ging weiter und immer weiter und kam endlich in seiner Ortschaft an, und bevor er sein Haus aufsuchte, erkundigte er sich bei einem Nachbar, weil er sich schon nicht mehr erinnerte, wo das Haus seiner Frau war. Er stieg auf die Terrasse jenes Hauses und sah seine Frau am Fenster an der Seite eines Geistlichen. Er vermutete Böses und wollte auf sie einen Schuss abfeuern, aber er dachte an den dritten Ratschlag, den ihm der Herr gegeben hatte, und schoss nicht auf sie. Er beobachtete weiter, und es kam ihm wieder das Verlangen, auf sie zu schießen, und wieder hielt er sich zurück.

Zuletzt stieg er herab und frug die Nachbarin, ob sie die Bewusste kenne. Die Frau bejahte es, und er frug sie, ob sie sich erinnern könne, dass deren Mann in die weite Welt fortgegangen sei und was für ein Leben jene Frau geführt habe, seitdem ihr Mann fort sei.

Sie antwortete ihm, dass sie eine rechtschaffene Frau sei, nachdem ihr Mann fortgegangen war, hatte sie ein Kind geboren, dieses sei ein Geistlicher geworden, nachdem eine gute Person für ihn die Kosten bezahlt hatte, und dass derselbe am nächsten Tage die erste heilige Messe lesen werde.

Er sagte zu ihr:

»Ich bin ihr Mann«, und die Nachbarin, sehr erfreut, begleitete ihn zum Hause seiner Frau.

Am folgenden Tag feierte der Sohn seine erste heilige Messe und sie bereiteten ein großes Essen, und weil das der schönste Tag seines Lebens war, schnitt er das Brot an, welches sein Herr ihm gegeben hatte, und jenes Brot war voll Goldmünzen.

Sie lebten alle gesellschaftlich mitsammen, bis sie starben.

# Es cotxo d'o
## Der Wagen aus Gold

*S'Arracó*

Es war ein König, der wollte sich einen Wagen ganz von Gold machen lassen, er ließ seinen ersten Diener rufen und sagte zu ihm:

»Schau, lasse einen Aufruf machen, welcher besagt, dass ich die Tochter desjenigen heiraten werde, welcher mir mitteilt, wie ich es machen muss, um einen Wagen ganz von Gold zu erhalten.«

Der Diener sagte ihm: »Seid unbesorgt, Herr König«, und schon eilt er fort wie eine Rakete, um den Mann zu suchen, der den Ausrufer macht.

Dem Mann sagte er: »Der König schickt mich und hat mir gesagt, dass Ihr einen Aufruf von dem und dem machen sollt.«

Dieser nimmt die Trommel und marschiert sogleich tum-pa-tan-tum, um den Aufruf zu bestellen.

Am folgenden Morgen erscheint vor dem Königshause frühzeitig ein Mann.

»Klopft, klopft, kann ich eintreten?«, fragt er den Pförtner.

»Wenn Ihr Böses bringt
überschreitet nicht die Türe.
Wenn Ihr Gutes bringt,
bleibt nicht auf der Gasse.«

»Ich komme, um dem König zu sagen, wie man einen goldenen Wagen machen kann.«

»Tretet ein, tretet ein, guter Mann und wartet ein wenig, bis der König aufsteht, und Ihr werdet es ihm sagen.«

Nach einer guten Weile stand der König auf und befahl, dass man jenen Mann sogleich in sein Schlafzimmer führe.

»Saget mir, guter Mann, wie soll ich es machen, einen Wagen von Gold zu erhalten.«

»Meine Ansicht über diese Sache geht dahin, dass in drei Frösten, welche nicht kommen werden, und drei Tauniederschlägen, welche stattfinden, ein Wagen von Gold zu erhalten ist.

Als der König das hörte, erstaunte er sehr und er sagte ihm darauf:

»Nun guter Mann, ich verstehe Euch nicht, was wollt Ihr sagen? Dass, wenn drei Fröste nicht kommen und drei Tauniederschläge stattfinden, die Feldfrüchte vorzüglich gedeihen und die Ölmühlen voll sein werden.

Der König erkannte, was jener Mann sagen wollte, dass der ganze Reichtum aus der Fruchtbarkeit der Erde kommen, er war sehr zufrieden mit ihm und heiratete dessen Tochter.

# Es castell de ses roses
## Das Schloss der Rosen
*Felanitx*

Es war ein Haus, in dem zwei Kinder waren, ein Knabe und ein Mädchen, sie waren vom Mittelstande, weder arm noch reich.

Und es war ein anderes Haus, wo auch ein Bruder und eine Schwester war, und diese waren sehr reich.

In diesen beiden Häusern waren sie sehr befreundet, und eines Tages verabredeten sich die beiden Knaben, ein Schloss von Rosen zu machen, die beiden Schwestern sollten über das Schloss springen, und derjenigen, welche das Schloss überspringen würde, ohne eine Rose zu brechen, sollten alle Güter gehören. Diese beiden durften noch nichts davon erfahren.

Als sie das Schloss verfertigt hatten, nahmen sie die beiden Schwestern mit, und als sie bei dem Schlosse angekommen waren, sagten sie ihnen, dass diejenige die darüber springe, ohne eine Rose abzubrechen, die Güter erhalten würde.

Die Arme sagte zu der Reichen:

»Springe du darüber.«

Und die Reiche sagte zu der Armen:

»Springe du darüber.«

Die Reiche sprang darüber und nahm eine Rose mit, und dann sprang die Arme darüber und nahm ein Blatt mit, und damit man es nicht bemerke, aß sie dasselbe auf.

Sie gewann die Güter und sie und ihr Bruder schifften sich ein.

Er begann zu studieren, und sie gebar von dem Rosenblatt ein Mädchen, und damit der Bruder es nicht merkte, hielt sie es bei einer Amme und ließ sich einen unterirdischen Gang bauen, der vom Hause der Amme zu ihrem eigenen führte.

Das Mädchen wurde groß und wusste nicht, woher es war, und man sagte ihm, wenn jemand darnach frage, solle es antworten:

»Meine Mutter war Rose,
Rose bin ich auch,
Und ich hab Rosen gepflückt,
Vom selben Rosenstrauch.«

Eines Tages fand sie der Bruder jenes Mädchens und frug sie, woher sie sei, und sie antwortete:

»Meine Mutter war Rose,
Rose bin ich auch,
Und ich hab Rosen gepflückt,
Vom selben Rosenstrauch.«

Ihre Worte waren ihm unverständlich. und eines Tages ging er vorüber und warf ihr ein Nadelbüchschen zu, und das traf sie am Kopfe und steckte sich dort fest. Die Mutter zog ihr alle Nadeln heraus, und als sie dachte, dass keine mehr im Kopfe sei, fing sie an zu kämmen, aber eine Nadel stieß sich ganz hinein, sie fiel in Ohnmacht und man dachte, dass sie tot sei, und die Mutter ließ ihr einen Sarg machen, verschloss ihn in einem Zimmer ihres Hauses und öffnete dasselbe nicht mehr.

Indessen kehrte der Bruder zurück, er fand die Schwester sehr traurig, und er fragte sie, was sie habe. Sie sagte, dass sie nichts hatte, erkrankte und starb. Vor ihrem Tode hatte sie ihm alle Schlüssel ihres Hauses gegeben und ihm gesagt, er könne alle Zimmer öffnen, nur das eine nicht.

Er öffnete es dennoch und fand darin jenes Mädchen lebend, und er nahm es als Dienstmädchen an.

Eines Tages sollte der Bruder auf die Reise gehen, und er fragte sein Dienstmädchen, welches man die kleine Sklavin nannte:

»Kleine Sklavin, was willst du?«

Sie sagte ihm, dass er ihr doch nicht das bringen würde, was sie sich wünschte.

»Ja, ich werde es dir bringen«, sagte ihr Herr.

»Nun denn, ich wünsche einen blühenden Myrtenzweig, ein Messer mit zwei Schneiden und ein Herz von Stein.«

Er ging auf die Reise, besorgte seine Geschäfte und dachte nicht an die kleine Sklavin.

Auf der Rückreise nach Hause blieb das Schiff, das ihn führte, stehen und war auf keine Weise vorwärts zu bringen. Der Patron frug nach, ob nicht jemand da sei, der irgendein Versprechen gemacht habe.

Er sagte, dass er an die kleine Sklavin nicht gedacht habe, das Schiff kehrte zurück, und er begann alles zu suchen, was er der kleinen Sklavin bringen sollte.

Als er zu Hause ankam, gab er ihr alles das, was er mitgebracht hatte.

Die kleine Sklavin klagte jeden Abend, bevor sie schlafen ging:

»O Herz steinernes
Warum tötest du mich nicht?
O blühender Myrtenzweig
Warum nimmst du mir nicht das Leben?
O Messer mit zwei Scheiden

Warum trägst du mir nicht meine Sorgen weg?
O Herr, wenn Ihr wüsstet,
Von wem ich die Tochter bin.«

Eines Abends hörte es der Diener und ging, es seinem Herrn zu erzählen.

Der Herr ging zuzuhören, und als er es gehört hatte, klopfte er an die Türe, und wie sie das Klopfen hörte, löschte sie das Licht aus.

Er klopfte abermals und sie öffnete.

Der Herr fragte sie, was sie habe, dass sie also spreche.

Sie sagte, dass sie nicht gesprochen habe, dass sie wahrscheinlich träumte.

Er bat sie und sie begann zu sprechen:

»O Herz steinernes
Warum tötest du mich nicht?
O blühender Myrtenzweig
Warum nimmst du mir nicht das Leben?
O Messer mit zwei Scheiden
Warum trägst du mir nicht meine Sorgen weg?
O Herr, wenn Ihr wüsstet,
Von wem ich die Tochter bin.«

Als er wieder zu sich kam, ließ er sich alles erzählen und die kleine Sklavin wurde nun die Herrin.

## S'escolanêt
Das Messmerchen

*Sa Pobla*

Es war ein kleiner Knabe, der seinen Vater verlor, und die Mutter sagte zu ihm:

»Mein Sohn, jetzt wirst du mir helfen müssen zu verdienen, weil wir arm sind. Ich werde zum Pfarrer gehen und sehen, ob er dich als Messmerchen nehmen will.«

Also ging sie zu dem Pfarrer, und der Pfarrer sagte ihr ja.

Das Messmerchen war sehr aufgeweckt und die anderen Messmer waren ihm neidisch. Sie verabredeten sich untereinander, um ihm einen Streich zu spielen. Der erste Messmer stellte einen ausgestopften Mann an den Strick, an dem die Abendglocke geläutet wurde, und als die Stunde kam, sagte er dem Messmerchen, das Bernhardchen hieß:

»Bernhardchen, gehe und läute die Abendglocke.«

Bernhardchen nahm den Schlüssel des Glockenturmes und ging ganz mutig hinein. Im

Glockenturm fasste er den Strick und fand jenen Mann.

»Was machst du hier?«, fragte er ihn, und als er sah, dass er ihm keine Antwort gab, begann er die Abendglocke zu läuten.

Da jener Mann sich nicht bewegte, sagte er zu ihm:

»Mich hat man geschickt, um die Abendglocke zu läuten, aber wenn du dich bewegen willst, wollen wir beide sie läuten.«

Als der erste Messmer und die anderen, welche gedacht hatten, dass Bernhardchen Furcht bekomme und die Abendglocke nicht läuten wolle, das Läuten hörten, waren sie sehr gefoppt und beschlossen, etwas Schwereres ihm anzurichten, um ihn in Furcht zu versetzen, damit er nicht mehr Messmer bleiben sollte, weil sie auf ihn sehr neidisch waren, da der Pfarrer ihn, weil er lebhaft war, sehr liebte.

Am anderen Abend nahmen sie den Strick von der Glocke weg und sagten ihm, er solle gehen und die Abendglocke hoch vom Glockenturm aus läuten.

Bernhardchen ging und als er ein Paar Stufen erstiegen hatte, fand er einen Mann.

»Was machst du hier?«, fragte er ihn.

Als der Mann ihm nicht antwortete, gab er ihm sogleich eine Ohrfeige und warf ihn hinunter.

Der Mann war ausgestopft und rollte die Treppe des Glockenturms herab.

Höher hinauf fand er einen anderen Mann und machte mit ihm dasselbe. Er stieg vollends hinauf und fand im Ganzen sechs Männer.

Er warf sie alle hinunter und begann die Abendglocke zu läuten.

Als der erste Messmer und die anderen, welche ihm den Schrecken einjagen wollten, hörten, dass die Abendglocke läutete, sahen sie ein, dass sie nichts erreicht hatten, und sie beschlossen, ihm einen noch schwereren Streich zu spielen.

Sie schickten ihn mit einer Ausrede zur Höhle von Son Sabaté, wo Geister erschienen, und er tat, was sie ihm befohlen hatten, betrat dort die Höhle und fand niemanden.

Er kehrte zum Dorfe zurück, und als der Messmer sah, dass er so aufgeweckt war, gewann er ihn nach und nach lieb, und er wurde später das beste Messmerchen der Kirche.

# Sa Rondaya des Falistroncos
Das Märchen der Falistroncos

*Bunyola*

Es war ein Mann, der war sehr arm und hatte einen Bruder, der sehr reich war. Eines Tages entschloss er sich, seinen Bruder aufzusuchen, und seine Frau sagte zu ihm:

»Gehe nicht hin, sowieso wird er dir nichts geben.«

Er hörte nicht auf sie, reiste ab, und es war sehr weit. Als er schon lange gegangen war, fand er einen alten Mann und fragte ihn, ob er ihn begleiten wolle. Jener Mann bejahte es. Als sie ein Stückchen weit waren, sagte dieser ihm:

»Wenn er dir sagt, setze dich, dann setze dich nicht, wenn er dich fragt, ob du speisen willst, dann verneine es, wenn er dich fragt, was du willst, dann verlange den Ring, den er an seinem Finger hat. Er wird ihn dir geben, und es wird dir gut ergehen.«

Also machte er es, und wie er den Ring erhielt, ging er mit jenem wieder fort, und er sagte zu demselben:

»Ringelchen, für die Bekehrung des heiligen Paulus, bringe uns zum Speisen.«

Sie speisten und der alte Mann verabschiedete sich dann von ihm.

Weiter gehend fand er einen Riesen. Der Riese sagte ihm, dass er ihn verspeisen wolle, er sagte ihm nein, und zu seinem Ringe:

»Ringelchen, für die Bekehrung des heiligen Paulus, bringe zu Essen und zu Trinken für den Riesen.«

Es erschien ein reich gedeckter Tisch, und als der Riese dies sah, fragte er ihn:

»Willst du mir diesen Ring gegen diese Falistroncos vertauschen?«

Und welche Geschicklichkeit haben die Falistroncos?«

»Wenn man ihnen sagt: ›schlage‹, dann schlagen sie, und wenn man ihnen sagt: ›töte‹, dann töten sie.«

»Ja«, sagte er und vertauschte sogleich den Ring gegen die Falistroncos und sagte:

»Falistroncos tötet den Riesen.«

Der Riese blieb tot, und er hatte den Ring und die Falistroncos.

Darauf kam die Riesin heraus.

»Ringelein«, sagte er, »für die Bekehrung des heiligen Paulus, bringe Essen für die Riesin.«

Als die Riesin das sah, sagte sie zu ihm:

»Willst du mir deinen Ring mit dieser Börse vertauschen?«

»Und welche Geschicklichkeit hat diese Börse?«

»Dass jedes Mal, wenn man sie öffnet, ein Geldstück herausfällt.«

»Ja!«, und dann sagte er gleich:

»Falistroncos töte die Riesin.«

Die Riesin blieb tot, und er hatte die Falistroncos, den Ring und die Börse.

Darnach ging er in ein Gasthaus, übernachtete, da es schon Abend geworden war, und am folgenden Morgen ging er nach Hause und sagte seiner Frau:

»Wisse, dass ich reich zurückkomme.«

Die Frau sagte darauf:

»Arm gingst du weg und arm wirst du zurückgekehrt sein.«

»Cotre!«, sagte er. »Ich bringe eine Börse, und so oft man sie öffnet, fällt ein Geldstück heraus.«

Er öffnete sie und es fiel keins heraus.

»Siehst du, was ich dir sagte«, bemerkte seine Frau.

»Also die Wirtin muss sie mir vertauscht haben.«

Er geht zum Gasthaus und verlangte von der Wirtin seine Börse, und sie sagte, dass sie nichts davon wisse.

»Falistroncos«, sagte er, »schlaget die Wirtin, bis sie die Börse herausgibt.«

»Schlaget nicht, schlaget nicht«, rief sie, »ich werde sie schon herausgeben.« Und sie gab sie ihm.

Er kehrte nach Hause zurück, öffnete die Börse, und es fiel ein Geldstück heraus, und so oft er öffnete, fiel ein anderes heraus.

Dann sagte er:

»Ringelchen für die Bekehrung des heiligen Paulus bringe zu Essen für die Frau und die Kinder.«

Das Ringelchen brachte es ihnen, und als sie gegessen hatten, sagte er:

»Ringelchen für die Bekehrung des heiligen Paulus mache, dass ich morgen früh einen Palast habe, wie jener des Königs.«

Der Palast erstand, und als der König ihn sah, wollte er es nicht leiden, er ging zu seinem

Hause und fand dort dessen Frau, welche einen Wasserkrug hinauftrug, und sagte zu ihr:

»Gebet ihn mir, ich werde ihn Euch hinauftragen.«

Sie sagte ihm nein, und er erwiderte ja, und als sie sah, dass er darauf bestand, gab sie ihm den Krug und sagte zu dem Ring:

»Ringelchen für die Bekehrung des heiligen Paulus mache, dass er die Treppe hinauf- und hinabsteige, ohne sich aufhalten zu können mit dem Krug auf der Schulter.«

Der König begann zu laufen die Treppe hinauf und hinunter, bis sie ihm sagte, es sei genug.

Der König wollte ihren Mann töten lassen und befahl seinen Dienern, ihn zu prügeln.

Da sagte dieser:

»Ringelchen für die Bekehrung des heiligen Paulus mache, dass statt meiner sie jenen Esel prügeln gehen.«

Sie gingen, den Esel zu prügeln, und ließen den Mann unbehelligt.

Eines anderen Tages ging die Königin zu ihrem Hause und fand sie, wie sie ein Schwein schlachtete und Würste hackte, und sagte zu ihr:

»Lasset es mich machen, ich werde sie hacken.

»Ringlein«, sagte sie, »für die Bekehrung des heiligen Paulus mache, dass in ihr Gesicht warmes Wasser spritze und dass sie mit dem Hacken nicht aufhören könne, bis ich sage, es sei genug.«

Als sie ihr sagte, es sei genug, ging die Königin zum König, um es ihm zu erzählen, und der König sagte:

»Dieses Mal werden wir ihr den Mann töten.«

Sie führten den Mann zu einem Baum, um ihn festzubinden und zu töten, und dort war ein Esel, welcher weidete.

»Ringelchen«, sagte er, »für die Bekehrung des heiligen Paulus mache, dass sie jenen Esel töten gehen.«

Sie gingen den Esel töten, und als der König sah, dass er ihm nichts anhaben könne, ließ er ihn gehen, und er lebte im Reichtum sein ganzes Leben lang.

# Es tres Germans
## Die drei Brüder

*Alaró*

Es waren drei Brüder, welche weder Vater noch Mutter hatten.

Und ihr Vater war ohne Testament gestorben.

Sie beschlossen, zum König zu gehen, damit er unter sie die Güter verteile, sie gingen hin, und auf dem Wege ging der Erstgeborene voran, der Zweite ging hinter dem Ältesten und der Jüngste hinter allen.

Sie fanden einen Mann, der eine Mauleselin suchte.

Er sagte zu dem Erstgeborenen:

»Bruder, hast du eine Mauleselin gesehen?«

Der Erstgeborene sagte:

»War sie einäugig?«

»Ja.«

»Alsdann habe ich sie nicht gesehen.«

Indem er den Zweiten fand, fragte er:

»Bruder, hast du eine Mauleselin gesehen?«

Dieser sagte:

»War sie grau?«

»Ja.«

»Alsdann habe ich sie nicht gesehen.«

Er fand den Dritten. Und sagte ihm:

»Bruder, hast du eine Mauleselin gesehen?«

»War sie hinkend?«

»Ja.«

»Alsdann habe ich sie nicht gesehen.«

Dann frug er sie, wohin sie gingen, und sie sagten es ihm; und jener Mann eilte voran und ging zum Hause des Königs und erzählte hier, was ihm mit den drei Brüdern zugestoßen war.

Als die Brüder beim Hause des Königs ankamen, baten sie ihn, dass er ihnen die Güter verteile. Der König befahl einem Diener, dass er ihnen ein gutes Frühstück gebe, und er solle ihm alles aufschreiben, was sie zusammen sprechen werden, während sie frühstücken.

Zum Frühstück wurde ihnen ein gebratenes Ferkel und dazu Wein gebracht.

Der Jüngste sagte:

»Gut wäre dies Ferkel, wenn es nicht mit Lausmilch aufgezogen worden wäre.«

Der Zweite sagte:

»Gut wäre dieser Wein, wenn er nicht aus Setzlingstrauben gemacht wäre.«

Der Erstgeborene sagte:

»Schön wäre der König, wenn er nicht Bastard und Sohn eines Mauren wäre.«

Jener Diener brachte das Aufgeschriebene dem König, und als er es gelesen hatte, ließ er jenen rufen, der ihm das Ferkel geschenkt hatte.

Der König sagte zu ihm:

»Wie zogst du jenes Ferkel auf?«

Der Mann sagte:

»Das Mutterschwein starb, und wir hatten eine kleine Hündin, die nährte es.«

Sodann ließ der König den Mann rufen, der ihm den Wein geschenkt hatte, und fragte ihn:

»Woher ist dieser Wein?«

»Er ist aus Setzlingstrauben.«

Dann ließ der König seine Mutter rufen und fragte sie:

»Wessen Sohn bin ich?«

Sie sagt:

»Ei – deines Vaters Sohn.«

Der König sagt:

»Und wer war mein Vater?«

Seine Mutter sagt:

»Es war in einem Jahre, in welchem Krieg war, wir hielten uns im Maurenland auf, und du bist der Sohn eines Mauren.«

Dann frug er die drei Brüder, zu ihnen sagend:

»Wie wusstest du, dass das Maultier hinkend war?«

Er sagte:

»Weil ich auf dem ganzen Wege nur drei Fußstapfen fand.«

»Und wie wusstest du, dass es grau sei?«

Er sagte:

»Weil ich einige Wälzplätze fand, und es waren dort weiße und schwarze Haare.«

»Und wie wusstest du, dass es einäugig war?«

Er sagte:

»Weil beide Seiten mit Getreide bewachsen waren, und ich fand es nur auf einer Seite abgefressen.«

Da sagte zu ihnen der König:

»Und jetzt frage ich euch, könnt ihr das Bild eueres Vaters auf ein Papier malen?«

Sie bejahten es und malten ihren Vater.

Als sie ihn gemalt hatten, gab er ihnen eine Pistole und sagte, dass jeder von ihnen einen

Schuss abfeuern solle, und derjenige, der am besten treffen würde, sollte alle Güter erhalten.

Der Älteste und der Zweite schossen darauf, der Letzte wollte nicht schießen.

Der König sagte:

»Und du, warum schießest du nicht darauf, du siehst, dass das nicht dein Vater ist, sondern nur sein Bild.«

Der Jüngste erwiderte:

»Das macht keinen Unterschied, ich will nicht darauf schießen.«

So viel der König auch bat, er wollte nicht auf seinen Vater schießen, und der König sagte zu ihm:

»Also die Güter gehören dir.«

Sie kehrten alle drei nach Hause zurück, und der Jüngste besaß die Güter, und die Erzählung ist schon zu Ende.

# S'homo qu'etsecayava
Der Mann, der Bäume stutzte

*Muro*

Es war ein Mann, der Bäume stutzte in Ses Sorts Llargues, und bei der Arbeit gähnte er.

»Ich habe gegähnt«, sagte er, »und wenn man drei Mal gähnt, stirbt man, ich muss schon sehr Acht geben.«

Er fuhr fort zu stutzen und nach kurzer Zeit gähnte er wieder.

»Ei, Ei«, sagte er, »ich habe schon zwei Mal gegähnt, wenn ich es wieder tue, gibt es keine Hilfe mehr für mich.«

Er stutzte und stutzte weiter und sang und sang, um zu sehen, ob er sich damit zerstreuen würde, aber er gähnte zum dritten Mal und er sagte:

»Nun bin ich verloren, ich habe drei Mal gegähnt, ich sterbe.«

Er stieg vom Mandelbaum herab, legte sich auf den Boden, schloss die Augen und bewegte sich nicht mehr.

Allmählich wurde es Abend, und seine Frau, welche ihn zum Abendessen erwartete, begann zu denken, dass er sich verspätet habe. Es wurde Nacht, und sie wartete und wartete noch immer, und der Mann kam nicht, und sie bekam Angst und ging, es ihren Nachbarn mitzuteilen.

Weil es so spät war und der Mann noch nicht heimgekommen war, entschlossen sie sich, ihn zu suchen.

»Und wo war dein Mann?«, frugen die Nachbarn der Frau.

»Fonna!,« antwortete die Frau fast weinend. »Am Morgen hat er mir gesagt, dass er zu Ses Sorts Llargues de can Massanet gehen wolle, um die Bäume zu stutzen.«

»Also gehen wir hin und sehen, ob ihm etwas zugestoßen ist«, sagten einige der Nachbarn.

Sie zündeten Öllampen an und gingen ihn zu suchen.

Als sie zu Ses Sorts Llargues kamen, suchten sie und suchten, und schließlich fanden sie ihn auf der Erde liegend, unter dem Mandelbaum, und sie hielten ihn für tot. Sie legten ihn auf eine Leiter und zwei Männer trugen ihn zum Dorfe.

Als sie in Can Guixó damit angekommen waren, wo zwei Wege sich kreuzen, wollten die einen diesen Weg, die andern den andern nehmen, und als sie noch im Zweifel waren, öffnete derjenige, den sie für tot gehalten hatten, den Mund und sagte ihnen, indem er einen der zwei Wege zeigte:

»Als ich lebend war, ging ich immer auf dieser Seite.«

# S'homo Roig
## Der rothhaarige Mann

*Alaró*

Es waren drei sehr arme Brüder.

Der Älteste sagte zu seinem Vater:

»Mein Vater, ich will gehen und die Welt durchwandern.«

Sein Vater sagte zu ihm:

»Mein Sohn, hüte dich vor Kettenhund, rundem Stein und rothhaarigem Mann.«

Auf einem Wege fand er einen Kettenhund, und er ging zu ihm hin, und der Hund biss ihn in die Fersen. Weitergehend sah er einen runden Stein, er wollte darauf steigen, derselbe zerschlug ihm die Knie, und weiterhin fand er den rothhaarigen Mann und sagte zu ihm:

»Wollt Ihr mich anstellen?«

»Ja«, sagte jener Mann, »aber du musst essen, ohne den Topf aufzudecken, hast Wein zu trinken, ohne die Flasche aufzumachen, und Brot zu essen, ohne die Kruste zu zerschneiden, und wenn nach drei Tagen es dir leidtut, darf ich dich töten.«

Er wurde angestellt, und nach drei Tagen kam der Herr und fragte ihn, ob es ihm leidtue.

Er sagte ja, weil er nichts zum Essen habe, und der Herr tötete ihn.

Der zweite Sohn sagte zu seinem Vater dasselbe, was der älteste zu ihm gesagt hatte, und ging fort, und es geschah ihm genau dasselbe wie seinem ältesten Bruder.

Der jüngste sagte zu seinem Vater:

»Mein Vater ich will gehen und die Welt durchwandern, und sein Vater sagte ihm:

»Mein Sohn, hüte dich vor Kettenhund, rundem Stein und rothhaarigem Manne.«

Er reiste ab und es begegnete ihm das Gleiche wie seinen Brüdern, aber als er den Kettenhund sah, machte er einen Umweg, er sah den runden Stein, aber er hütete sich, ihn zu besteigen, und als er den rothhaarigen Mann fand, geschah ihm das Nämliche wie seinen anderen Brüdern, aber als er mittags speisen wollte, machte er ein Loch in den Boden des Topfes und ein anderes in den Kürbis, um Wein zu trinken, und das Brot durchschnitt er, aß das Innere und fügte die Kruste wieder zusammen.

Nach drei Tagen kam der rothhaarige Mann und frug, ob es ihm leidtue. Er sagte nein, und als der rothhaarige Mann sah, dass er so aufgeweckt war, da sagte er nichts mehr zu ihm und behandelte ihn gut. Als er starb, machte er ihn zu seinem Erben, und er ging nach Hause und war reich sein ganzes Leben lang.

# S'homo qui torná ase
Der Mann, der ein Esel wird

*Alaro*

Eine sehr arme Witwe, die drei Kinder hatte, war sehr kummervoll, weil sie nichts hatte, was sie ihnen geben konnte.

Eines Tages kamen zu ihr zwei kleine alte Männer, die aussahen, wie wenn sie die ganze Welt durchwanderten, und frugen an, ob sie übernachten könnten und ob man ihnen ein Abendessen geben wolle. Jene Frau war sehr betrübt und sagte ihnen:

»Wie kann ich Euch Abendessen geben, da ich Kieselsteine im Topfe habe, um die Kinder zu unterhalten, damit sie einschlafen?«

»Nun, schauet einmal, ob sie gesotten sind«, sagten die kleinen Alten.

»Und würdet Ihr einfältiger wie die Kinder sein, habe ich Euch nicht gesagt, dass es Kieselsteine sind?«

»Lasset es gehen, schauet wieder nach, ob sie gekocht sind?«

Sie baten so viel, bis schließlich die Frau ging, nachzusehen, und sie fand den Topf voll Saubohnen, und sie sagte zu jenen Männern:

»Jesus, ja Ihr könnt schon zu Abend essen, aber ich habe nichts mehr, was ich hinzufügen könnte.«

»Gehet und schauet in euere Krüge.«

Sie ging hin und fand sie mit Öl gefüllt und ihre Körbe voll Brot.

»Schaut«, sagte sie, »seit meines Mannes Tod war noch fast kein Brot da gewesen.«

Sie aßen alle zu Abend, und als sie gegessen hatten, sagte die Frau zu ihnen, sie möchten in ihrem Bette schlafen, aber sie wollten das nicht und gingen schlafen auf den Dachboden.

Als die Frau sie am anderen Morgen rufen wollte, fand sie niemanden mehr, aber in ihrem Hause gingen nie mehr die Speisen aus.

Jene kleinen Alten kamen am anderen Abend zu einem Landgut und frugen, ob sie übernachten und Abendessen könnten, und der Pächter sagte zu ihnen:

»Abendessen geben wir nicht, übernachten ja.«

Und alle Armen, welche zu ihm kamen, ließ er in einem Stalle schlafen, wo zwei Hunde waren, die sie auffraßen.

Jene beiden Alten enthüllten sich als der heilige Peter und der gute Jesus, und als sie im Stalle waren, sagte der gute Jesus:

»Peter setze dich auf einen der zwei Hunde und ich werde mich auf den anderen setzen.«

Am folgenden Morgen fand man jene beiden Männer auf den Fleischerhunden reitend, und als der Pächter sah, dass die Hunde sie nicht aufgefressen hatten, sagte er:

»Diese Männer treiben böse Künste«, und er rief die Knechte zusammen, damit sie sie gefangen nehmen und in den Kerker führen sollten.

Als sie unterwegs waren, sagte der eine der alten Männer, man glaubt es war der gute Jesus:

»Pächter, diese Knechte verlieren ihre Arbeit, und es wäre nicht notwendig, dass sie sie verlören, weil wir Euch nicht entfliehen werden, und Ihr seid Leute genug, um uns zu begleiten.

Jene Männer gingen weg, und als sie nicht mehr da waren, sagte der gute Jesus zum heiligen Peter:

»Peter setze dich auf diesen Esel«, und der Pächter war zum Esel geworden.

Und mit dem Esel kamen sie zu dem Hause jener Witwe, und der heilige Peter sagte zu ihr:

»Frau, nehmet hier diesen Esel und verwendet ihn, lasset ihn die Wasserhebebrunnen (Noria) drehen, bestellet mit ihm den Gemüsegarten, Ihr werdet viel Gemüse bekommen, und beladet den Esel, wenn Ihr geht, um es zu verkaufen, und Ihr dürft ihm nie zu Fressen geben und dürft ihm den Maulkorb nie abnehmen, und nie wird er ermüden.

So machte es jene Witwe, und sie hatte den Esel sieben Jahre lang. Eines Tages kam der älteste Knabe jener Frau, der bereits groß geworden war, der eine Ladung Gemüse mit dem Esel geführt hatte, und dieser fraß einen Asphodel und fiel tot nieder, und nun hatten sie keinen Esel mehr.

Indessen kamen jene kleinen Alten wieder, und der älteste Sohn sagte zu seiner Mutter:

»Meine Mutter, jene zwei kleinen Alten, die uns den Esel geschenkt und die wir seither nicht mehr gesehen hatten, sind wieder zurückgekehrt und folgen mir sogleich nach.«

Als sie angekommen waren, sagte ihnen die Frau:

»Ach meine Herrchen, jener Esel, den Ihr mir gabet, ist tot, noch könnte ich den Asphodel finden, der ihm, als er ihn fraß, den Tod brachte.«

»Wir wollen also gehen, sagten jene kleinen Alten, um zu sehen, ob noch etwas von ihm übrig geblieben ist.«

»Ja, sagte die Frau, ich denke, dass noch der Kopf vorhanden ist.«

Sie gingen hin und fanden noch den Kopf des Esels.

Einer der zwei kleinen Alten gab ihm einen Fußtritt und sagte zu ihm:

»Stehe auf, weil Gott dir schon verziehen hat.«

Mit dem stand er auf und verwandelte sich in den Pächter, den Besitzer der Hunde, und der kleine Alte sagte zu ihm:

»Wenn Arme wieder zu dir kommen, gebe ihnen zu essen und sperre sie nicht mehr in den Stall mit den Fleischerhunden.«

Als jener Mann wieder bei seinem Hause angekommen war, wollten sie ihn nicht aufnehmen, weil sie meinten, dass er schon lange tot sei und die Aasgeier ihn gefressen hätten.

Aber er erzählte ihnen den ganzen Hergang, und sie nahmen ihn auf, und jetzt ist er gläubig geworden.

# Es dotze Iladres
## Die zwölf Diebe

*Sa Pobla*

Ein Mann hatte Söhne, von denen einer verheiratet war. Dieser Mann war sehr arm, und er suchte täglich durch Holztragen etwas zu verdienen. Eines Tages suchte er Holz in der Nähe von einer Höhle, und da sah er zwölf Diebe darauf zugehen und sagte:

»Was soll ich jetzt tuen? Wenn sie mich erblicken, werden sie mich töten, es sind ihrer so viele. Ich will auf diesen Baum steigen.« Und er stieg hinauf.

Die Diebe kamen an und sagten:

»Öffne bitsoch«, und die Höhle öffnete sich und sie gingen hinein.

Nach kurzer Zeit kamen sie wieder heraus aus der Höhle und sagten:

»Schließe bitsoch«, die Höhle schloss sich und sie gingen fort.

Als sie nicht mehr da waren, stieg er vom Baume und sagte: »Öffne bitsoch«, die Höhle öffnete sich und er ging hinein. Hier fand er viel Geld, er belud seinen Esel damit und sagte dann:

»Schließe bitsoch.« Die Höhle schloss sich und er ging fort.

Als er nach Hause kam, sagten seine Kinder zu ihm:

»Mein Vater, was bringst du uns, was bringst du uns?«

»Etwas Gutes«, antwortete er ihnen, und seinem Ältesten befahl er, zum Hause des verheirateten Bruders zu gehen, er solle ihm ein Maß leihen.

Dieser verheiratete Sohn hatte einen Verkaufsladen, es ging ihm sehr gut, und täglich kamen seine Brüder, um zu sehen, ob er ihnen etwas zu essen gebe, und er jagte sie immer fort.

»Was willst du mit dem Maß machen, hast du Läuse zu messen?«

»Ich weiß nicht, was wir damit machen sollen«, antwortete ihm der Bruder.

Er brachte das Maß nach Hause und sie maßen das Geld darin.

Als sie mit dem Messen fertig waren, brachte er das Maß wieder zurück, und was machte der verheiratete Sohn, er zerlegte das Maß, um zu sehen, was sie gemessen hatten, und fand in den Fugen ein kleines Goldstück. Nun ging er zum Hause seines Vaters, um zu erfahren, was er gemacht habe, um so viel Geld zu bekommen.

Sein Vater wollte es ihm anfangs nicht sagen, allein nach vielen Bitten seines Sohnes sagte er ihm alles.

Was macht der Sohn, er geht zu jener Höhle und sagt: »Öffne bitsoch«, und er geht hinein. Als er im Innern war, hatte er vollständig vergessen, was er sagen müsse, dass sich die Höhle öffne, und um zu sehen, wie er herauskäme, sagte er:

»Öffne Simona, öffne Peter, öffne Johanna, Anna«, aber die Höhle öffnete sich nicht und er und der Esel blieben daselbst eingeschlossen.

Als er sah, dass er auf keine Art und Weise herauskommen konnte, versteckte er den Esel in einem Goldhaufen, und er versteckte sich ebenfalls darin, aber mit einem Ohr heraußen, um hören zu können, was die Diebe sagten, um die Höhle zu öffnen, und um es dann selber sagen zu können und herauszukommen.

Die Diebe kamen in die Höhle herein, warfen einen Blick auf den Goldhaufen und sahen, dass davon fehlte, und sagten:

»Man hat an diesem Goldhaufen etwas gemacht.«

Sie durchsuchten alles genau, sahen das Ohr jenes Mannes, das herausragte, sie zogen daran und es kam der Versteckte zum Vorschein.

Er sagte ihnen, dass wenn sie ihn nicht töten würden, er ihnen sage, wer das Geld hätte, dass er keines weggetragen habe, dass er lediglich nach seinem Vater gekommen sei und dass dieser es sei, der das fehlende Geld besitze.

Um aus dem Hause des Vaters das Geld wieder zu erhalten, verabredeten sich die Diebe, dass sich ein jeder in einen Schlauch stecken solle, und der Sohn solle seinem Vater sagen, dass er zwölf Schläuche Öl kaufen solle, welche großen Gewinn einbrächten, da man es sehr billig verkaufte.

Also machten sie es, und als die zwölf Schläuche im Innern des Hauses waren, sagte ein Diener zu einer Magd.

»Wollen wir Krapfen machen, weil jetzt viel Öl da ist? Machen wir sie.«

Er begann, einen Schlauch zu öffnen, und als der Dieb, der darin war, das Geräusch hörte, sagte er:

»Ist es schon Zeit?« Damit meinte er, ob es schon Zeit sei, aus den Schläuchen herauszukommen, um das Geld zu nehmen, indem er dachte, dass es der verheiratete Sohn sei, der sie nach der Verabredung aus den Schläuchen herausziehen sollte.

Als der Diener das hörte, antwortete er:

»Nein, es ist noch nicht Zeit.«

Er ging zur Magd und sagte ihr, was ihm zugestoßen war, und die Magd erwiderte, dass er Furcht gehabt habe und dass diese es ihn habe hören lassen, er solle nicht furchtsam sein und einen anderen Schlauch aufmachen.

Er begann nun, einen anderen Schlauch aufzumachen, und aus dessen Innerem fragte man ihn dasselbe. Als er das hörte, ging er zum Pächter, um es ihm mitzuteilen, und als es der Pächter vernommen hatte, sagte er:

»Das ist mein verheirateter Sohn, jener Dieb, der mir diesen Streich gespielt hat.«

Was macht der Pächter? Er lässt von den Dienern ein Feuer anmachen, mit vielem Holz, damit es eine große Flamme wurde, um die Schläuche hineinzuwerfen.

Wie das Feuer angemacht war, warfen sie alle Schläuche hinein. Die Diebe verbrannten, und er besaß das ganze Geld, das in der Höhle war.

## En Pere de sa butza
Der Magenpeter

*Felanitx*

Sie hießen ihn den Magenpeter, weil seine Mutter eines Tages ihn zum Fleisch holen schickte und ihm sagte, er solle dasselbe ohne Knochen bringen. Er brachte einen Magen, und als er nach Hause zurückkehrte, betrat er die Kirche, um zu sehen, was es gäbe, weil er viele Leute darin sah. Es war soeben das Hochamt und darnach kam die Predigt. Der Prediger sprach über die Butla (Päpstliche Bulle), und da er wiederholt die Butla nannte, die Butla so und die Butla anders, meinte zuletzt der Peter, dass er die Butza (Magen) die Butla nannte und dass er den seinigen gesehen hätte, darüber ärgerte sich der Peter so sehr, dass er ihn nach der Kanzel warf und dem Prediger zurief:

»Nun also, so viel Butza, so viel Butza, hier habt Ihr die Butza.«

Als seine Mutter das Geschehene vernahm, sagte sie zu ihm:

»Ach Peter, Peter, dummer Peter, du musst mehr Geduld haben und immer zu dir sagen: Gott gebe mir Ruhe.«

An demselben Tage musste er zum Hafen gehen, und seine Mutter sagte ihm, er solle den Magen mitnehmen, und bevor er ihn zurückbrächte, im Meere waschen, damit er gereinigt würde.

Als er ihn wusch, sah er ein Boot im Begriff hinauszufahren, um zu fischen; es war windstill und er sagte zu den Matrosen auf dem Boote:

»Gott gebe euch Ruhe.«

Jene Matrosen, welche derselben schon überdrüssig waren, ruderten dem Ufer zu und fragten ihn, warum er das gesagt habe, und prügelten ihn tüchtig.

Er fragte sie:

»Was soll ich also sagen?«

»Was du sagen sollst? Gott gebe euch guten Wind.«

Als er nach dem Dorfe zurückkehrte, erhob sich ein sehr starker Wind, und auf dem Wege begegnete er einem Schafhirten mit seiner Herde, welche fast nicht fortkommen konnten, weil sie gegen den Wind ankämpfen mussten, und er sagte zu ihm:

»Gott gebe euch guten Wind.«

Der Hirte prügelte ihn wieder und der Peter frug ihn:

»Also was soll ich sagen?«

»Was du zu sagen hast? Gott gebe euch Kraft.«

Seinen Weg nach dem Dorfe weiter verfolgend traf er, als er gegen Can Contes kam, zwei Fuhrleute, die sich zankten und er sagte ihnen:

»Gott gebe euch Kraft.«

Jene zwei schauten ihn an und schlugen tüchtig auf ihn ein, und er fragte sie:

»Also was soll ich sagen?«

»Was du zu sagen hast? Gott trenne euch.«

Er ging seinen Weg fort, und als er ein Stück weitergegangen war, fand er ein Ehepaar, er beeilte sich, und als er vor den Mann und die Frau gekommen war, sagte er zu ihnen:

»Gott trenne euch.«

Die Frau fing an zu lachen, aber der Mann nahm es übel und gab ihm auch eine gute Prügelstrafe. Der Peter fragte ihn:

»Also was soll ich sagen?«

»Was du zu sagen hast? Gott gebe euch viele Lebensjahre, um miteinander zu verleben.«

Er verließ das Ehepaar und begann rasch gegen Felanitx zu gehen. Nach kurzer Zeit fand er zwei Männer, welche bis zum Gürtel in einem Wasserbehälter zur Seite des Weges im Kot staken und sagte zu ihnen:

»Gott gebe euch viele Lebensjahre, um miteinander zu verleben.«

Einer der beiden Männer arbeitete sich aus dem Behälter heraus, und so schmutzig, wie er war, gab er ihm eine Ohrfeige, und er fragte ihn:

»Also was soll ich sagen?«

»Was du zu sagen hast? Dass, so wie der eine herausgekommen ist, auch der andere herauskommen möge.

Als er in die Nähe von Es Collêt kam, fand er einen Einäugigen und er sagte sogleich zu ihm:

»So wie einer herausgekommen ist, möge auch der andere herauskommen.

Dieser Einäugige, ja, der gab ihm tüchtig Prügel und Peter frug ihn:

»Also was soll ich sagen?

»Was du sagen sollst? Gott gebe euch gute Augen.«

Er traf niemanden mehr an, und als er nach Hause kam, sagte er zu seiner Mutter:

»Gott gebe euch gute Augen.

»Amen«, antwortete seine Mutter, »hast du den Magen gut gereinigt?«

»Ja, sagte er, aber der Rücken ist sehr schmutzig von Hieben.«

»Ja, du musst was angerichtet haben?«

»Mir hat man es angerichtet«, und er erzählte seiner Mutter alles, was ihm zugestoßen war, und dann musste er sich niederlegen, da er in Folge der Hiebe sich nicht mehr aufrechterhalten konnte, und er dachte nach, was ihm eigentlich seine Mutter gesagt hatte, er solle immer wiederholen: »Gott gebe mir Ruhe, Gott gebe mir Ruhe«, was das Beste war.

## En Ramon des Pujol
### Der Raimund vom Pujol

*Artá*

Der Raimund vom Pujol hatte drei Söhne, und der Älteste sagte zu seinem Vater:

»Mein Vater, ich will gehen und die Welt durchwandern.«

»Es ist gut«, sagte sein Vater.

Und er gab ihm ein Brot und einen Käse mit.

Der Sohn reiste ab, über das Coll des recó, und als er den Sattel überschritten hatte, fand er einen Bettler und eine Bettlerin, und sie sagten zu ihm:

»Brüderchen, willst du uns ein Almosen geben, um der Liebe Gottes?«

Er hörte sie nicht an und ging seines Wegs.

Weiter unten fand er einen anderen Bettler, und er fragte ihn:

»Weißt du nicht, wo ich eine Herberge finden kann, um die Nacht zuzubringen?«

»Ja«, sagte ihm der Arme; w»eiter unten, bei dem Hause des Zolleinnehmers steht ein Haus und eine Palme davor. Gehet hin, klettert auf die Palme und wartet bis zum Abend, wo der Riese weggeht, um Bösem nachzugehen, und sobald er nicht mehr da ist, steiget von der Palme herunter und tretet in sein Häuschen, wo Ihr alles finden werdet.«

»Gut«, sagte er, er ging weiter, ohne dem Armen gedankt zu haben. Er ging und ging weiter und fand das Haus des Riesen, er ging auf den Fußspitzen, damit der Riese es nicht merkte, und bestieg die Palme.

Am Abend kam der Riese heraus und begann zu sprechen:

»Ich rieche Menschenfleisch, ich rieche Menschenfleisch, nun wir werden heute Nacht davon essen. Als er den Kopf erhob, gewahrte er ihn auf der Palme, und er schüttelte sie, dass er herunter auf den Boden fiel. Er teilte ihn in Stücke und aß ihn.

Als der jüngste Sohn des Raimund vom Pujol sah, dass sein Bruder nicht zurückkehrte, sagte er zu seinem Vater:

»Es muss meinem Bruder gut gehen, weil er nicht zurückkehrt. Mein Vater, willst du, dass auch ich gehe, um die Welt zu durchwandern?«

»Nun gehe hin«, sagte sein Vater, und er gab ihm ein Brot und einen Käse.

Der jüngste Sohn reiste ab und kam auch über das Coll des recó, und wie er den Sattel überschritten hatte, traf er einen Bettler und eine Bettlerin, und diese sagten zu ihm:

»Brüderchen, willst du uns ein Almosen geben, um der Liebe Gottes.«

»Ja«, sagte er, »hier, nehmet das halbe Brot und den halben Käse.«

»Möge der gute Jesus Euch vor dem Riesen bewahren«, sagten die beiden kleinen Alten zu ihm.

»Und, wo wohnt dieser Riese?«, fragte er, und sie antworteten:

»Also, Ihr gehet nach dieser Richtung fort, und wenn Ihr am Hause des Zolleinnehmers vorüber seid, werdet Ihr ein Haus finden, vor dessen Türe eine Palme steht. Das ist das Haus des Riesen. Gehet hin, ohne Geräusch zu machen, und steiget auf die Palme. Wenn es Abend geworden, wird der Riese aus seinem Häuschen herauskommen, um Bösem nachzugehen, und sobald er fort ist, tretet in sein Häuschen, Ihr werdet alles finden und reich sein.«

Er dankte sehr den beiden Alten, ging nach der Richtung, die sie ihm angegeben hatten, und fand das Haus mit der Palme vor der Türe. Er stieg auf die Palme, und als es Abend geworden war, ging der Riese fort, ohne Menschenfleisch zu riechen.

Als der Riese nicht mehr da war, trat er in sein Haus und fand darin viel Geld.

Er füllte sich damit die Taschen, den Korb und den Sack und den Kopf seines Hutes und kehrte nach Hause zurück und war reich.

# Es sach de mentides
## Der Lügensack

*Lluchmajó*

Es war ein sehr reicher Herr, der eine wunderschöne Tochter hatte, und gerade vor seinem Hause stand eine sehr große Pinie, die ihm die Aussicht verdeckte, und diese war sehr schwer zu entfernen.

Der Herr ließ einen Ausruf machen, dass derjenige, der die Pinie entfernen könnte, seine Tochter heiraten dürfe.

Ein Mann aus einem benachbarten Dorfe erfuhr davon, machte sich auf den Weg nach dem Hause jenes Herrn und nahm zwei Brote mit sich, um sie unterwegs zu verzehren.

Er ging, und immer weiter gehend fand er eine Schlange, und die Schlange sagte zu ihm:

»Wo geht's hin?«

Er sagte: zu diesem Platze und für das und das.

»Nun, gebet mir euer halbes Brot und es wird Euch besser gehen.«

»Ich weiß zwar nicht, ob es weit oder nahe ist, aber nimm's«, und er gab ihr das halbe Brot.

Er begann weiterzugehen, und weiter-, immer weitergehend, fand er ein Regiment Ameisen, welche zu ihm sagten:

»Wo geht's hin?«

Er sagte: dahin und für das und das.

»Nun, gebet uns ein halbes Brot und es wird Euch besser gehen.«

»Ich weiß nicht, ob es weit oder ob es nah ist, wohin ich gehen will, aber nehmt es, ich werde es schon sehen«, und er gab ihnen das halbe Brot.

Er ging weiter, immer weiter, und weiterhin fand er einen Falken.

»Wo geht's hin?«, frug der Falke.

Er sagte: dahin und für das und das.

»Nun, gebet mir ein halbes Brot, und es wird Euch besser gehen.«

»Ich weiß nicht, ob es weit ist oder nah, und für mich ist nur noch ein Brot übrig geblieben, indessen, nehmt die Hälfte davon.«

Nun kam er zu dem Hause jenes Herrn, bat um die Werkzeuge, um die Pinie zu fällen, und begann zu arbeiten.

Die Tochter jenes Herrn hatte eine besondere Gabe, dass, wenn sie auf einen Schnitt oder einen Sprung ausspuckte, sich dieselbe sofort schloss, und weil dieser Mann alt und hässlich war und sie ihn durchaus nicht wollte, ging sie hin, um in den Schnitt des Pinienstammes zu spucken, damit er sich wieder schließe; aber die Schlange verhinderte es, sie entfloh aus Furcht und konnte nicht spucken, und der Baum war bald gefällt.

Aber nun sagte ihm der Herr, dass das noch nicht genügend sei, dass wenn er sich mit seiner Tochter vermählen wolle, müsse er ihm dreihundert corteres (Maß) gemischte Saat am selben Abend ausscheiden, und am folgenden Morgen müsse er ihm getrennt die hundert Maß Weizen, die hundert Maß Xexa (eine feinere Weizensorte) und die hundert Maß Gerste bringen.

Jener Mann sah, dass er dies nicht zu tun im Stande war, aber er sagte ja, und das Regiment Ameisen kam, und in einem Augenblick hatten sie es geschieden.

Aber der Herr wollte ihm seine Tochter noch nicht geben und gab ihm dreizehn Hähne und sagte ihm, wenn er sie nach einem Jahr und einem Tag noch besitze, dann dürfe er sie heiraten.

Er ging mit den dreizehn Hähnen fort nach seinem Hause, und nach einigen Wochen kam die Magd jenes Herrn zu ihm, um zu fragen, ob er ihr einen Hahn verkaufen wolle.

Er sagte ihr, dass er keinen verkäuflich habe, aber sie bat ihn so lange, bis er endlich ihr versprach, dass er ihr einen verkaufe, wenn sie am Abend mit ihm zu Abend essen wolle. Sie sagte ihm ja, und als sie gegessen hatten, gab er ihr den Hahn und sie ging weg.

Indessen kam es, als sie unterwegs war, dass der Falke, der von jenem Manne das halbe Brot verlangt hatte, ihr den Hahn abnahm und es seinem Eigentümer zurückbrachte.

Nach mehreren Monaten ging die Tochter jenes Herrn zu ihm, aber verkleidet, damit er sie nicht erkenne, und fragte ihn, ob er ihr einen Hahn verkaufen wolle. Der Mann versprach es ihr, wenn sie am Abend mit ihm speisen wolle. Sie war es zufrieden, und als sie zu Abend gegessen hatten, gab er ihr den Hahn, und das junge Mädchen ging weg, aber der Falke nahm ihn unterwegs ihm ab und brachte ihn jenem Manne wieder zurück.

Nach einiger Zeit ging der Herr selbst hin, ebenfalls verkleidet, und verlangte, dass er ihm einen Hahn verkaufe.

Er antwortete ihm bejahend, wenn er sich eine gute Tracht Prügel mit einem Stocke, um Karren vollzuladen, gefallen lasse.

Der Herr sagte ja und brachte den Hahn weg, aber mit einem sehr warmen Rücken.

Unterwegs nahm ihn der Falke ihm wieder ab und brachte ihn dem Manne zurück.

Inzwischen waren das Jahr und der Tag vorüber, und jener Mann ging mit den Hähnen nach dem Hause des Herrn, um sich mit seiner Tochter zu verheiraten.

Der Herr hatte eine Anzahl Knaben gemietet, damit sie ihn erwarten sollten, und so wie sie ihn erblickten, ihm die Hähne mit Steinen bewerfen und sie ihm entfliehen ließen.

Er sah die Knaben von weitem und versteckte alle seine Hähne in einer Sandhöhle und setzte sich, um zu rauchen, auf die Mauer.

Als die Knaben bei ihm ankamen, fragten sie ihn:

»Habet Ihr einen Mann gesehen, der eine Hähnenherde führt?«

Er sagte: »Ja, ich habe ihn gesehen, weit oben.«

Die Knaben liefen weg, er holte seine Hähnen und brachte sie alle zum Hause jenes Herrn.

Aber dieser wollte noch nicht zugeben, dass er sich mit seiner Tochter verheirate, und sagte ihm, dass wenn er sie heiraten wolle, müsse er noch einen Sack mit Lügen anfüllen.

»Also«, sagte er, »bringet mir einen Sack.«

Sie brachten ihm den Sack und er frug die Magd.

»Saget, erzählet die Wahrheit, dass Ihr mit mir eines Abends zu Abend gegessen habt.«

»Oh«, sagte sie, »was für eine große Lüge!«

Er sagte: »Also stecke sie in den Sack. Ei nun«, sagte er zu dem Mädchen, »erzähle wahrheitsgetreu, hast mit mir eines Abends zu Abend gegessen?«

»Oh«, sagte sie, »welch großartige Lüge.«

Er sagte: »Also stecke sie in den Sack.«

Dann wandte er sich zu dem Herrn und begann zu sagen:

»Nun sie – – –«

»Schließest den Sack, weil er schon voll ist«, sagte sogleich der Herr zu ihm, ohne dass er ihn ausreden ließ, weil er nicht wollte, dass sie erfahren sollten, dass er sich hatte prügeln lassen.

Und dann verheiratete sich jener Mann mit jenem ebenso reichen als schönen Mädchen. Und wenn sie nicht lebend sind, sind sie tot; und wenn sie nicht tot sind, sind sie lebend.

# Es dimonis boyets de Son Martí
Die Boyets-Teufel von Son Martí

*Capdell á y Calviá*

Die Höhlen der Armaris waren die Schlupfwinkel der Boyets-Teufel von Son Martí. Und diese Boyets-Teufel waren der Teufel selbst, welche schlechte Streiche machten! Bald waren sie hier, bald erschienen sie dort, man konnte über sie nie die Wahrheit erfahren. Don Gabriel, der Herr von Son Martí, ritt eines Tages spazieren, und im besten Augenblick machte ein Boyet-Teufel in Gestalt eines Zickleins einen Sprung und setzte sich hinter ihn auf das Pferd, um mit ihm weiter zu reiten. Der Herr, der in Gedanken war, hatte es nicht bemerkt, aber nach einigen Augenblicken fand er ein anderes Zicklein, das an der Seite des Pferdes stehen blieb, und sagte:

»Wohin gehst du Schmutziger?«

»Ich lasse mich tragen«, antwortete das Zicklein, welches hinten auf dem Pferde saß.

»Mit wem«, sagte das am Boden stehende.

»Mit Don Gabriel Martí.«

Als der Herr diese Stimme hörte, drehte er sich nach rückwärts und bemerkte das Zicklein und sagte zu ihm:

»Entfliehe von hier, ich will keine Zicklein, die mit mir reiten.«

Und die beiden Zicklein verwandelten sich in Boyets-Teufel und flohen eilends davon.

Sie wussten nicht, was sie alles anstellen sollten, weil ihr ganzes Bestreben nur darin bestand, sich viele Arbeit zu machen.

Ein anderes Mal geschah es, dass bei einem starken Regen ein Felsblock von oben herab in eine Talfurche rollte, eine Menge Boyets-Teufel, die es beobachteten, kamen dazu, hielten ihn auf, und dort steht er noch.

Sie gaben nie Ruhe. Eines Tages stiegen sie zum Kaminloch in die Häuser hinein, und heraus kamen sie durch das Loch, das für die Katze gemacht ist. Einen anderen Tag fand der Hirte einen Teufel hinter dem Stamme eines Ölbaumes, er verscheuchte ihn, und in einem Zu- und Aufmachen der Augen war der schon auf dem nächsten Berge.

Im Grau de Son Martí befand sich eine Mühle, und die Müllerin nannte sich Frau Angelina. Sie war ungehalten darüber, weil sie die Teufel den ganzen Tag vor ihr und hinter sich hatte, welche dasselbe Liedchen hören ließen.

»Frau Angelina, Frau Angelina, gebet uns Weizen und wir wollen Euch Mehl machen.«

Und sie wusste nicht, wie sie dieselben vertreiben sollte. Eines Tags sagte sie:

»Jetzt weiß ich, wie ich es machen muss.«

Und sie füllte ein paar Körbe mit schwarzer Wolle, und am ersten Mal, dass sie sich vor ihr wieder sehen ließen, sagte sie zu ihnen:

»Hier nehmet diese Wolle und waschet sie, bis sie weiß werden wird.[1]«

Sie trugen sie schreiend fort, und weil es ihre besondere Liebhaberei ist, sich immer viele Arbeit zu machen, so gingen sie gleich zum Torrent und waschen und waschen immerfort.

Und was denkt ihr euch! Es gibt deren, welche sagen, dass sie noch waschen und dass man zuweilen ihr Geschrei, das sie dabei ausstoßen, hört.

Frau Angelina wusste, wie sie es machen musste. Sie ließen sich nicht mehr bei ihr sehen.

---

[1] In Calvia erzählt man, dass man ihnen ein weißes Fell gegeben habe, damit sie es waschen, bis es schwarz werde, und ein schwarzes Fell, damit sie es weißwaschen sollen.
Nota: Die Cores armarís bei Capdellá heißen noch heutzutage so.

# La dona d'aygo
Die Wasserfrau

*Pollensa*

Gabriel Perxanch war ein älterer Junggeselle, welcher ganz allein in seinem Hause wohnte und vom Ertrag seiner Güter lebte. Eu Vilá[2] gehörte ihm auch, und er brachte dort viele Tage zu, um die Feldarbeit zu verrichten, und verkehrte im Dorfe, um zu Abend zu essen und dort zu schlafen.

Eines Tages, als er nach seinem Hause zurückgekehrt war, bemerkte er, dass alle Hausarbeiten schon fertig waren, die Teller gespült, die Krüge voll Wasser, das Bett gemacht, das Haus gekehrt, und im Hofe waren die Hühner mit Futter versorgt.

Wie ist denn das, dachte Gabriel, ich nehme doch den Schlüssel mit, und wenn ich nicht im Dorfe bin, betritt niemand mein Haus.

Und jeden Abend, wenn er zurückkam, fand er alle Arbeiten gemacht.

---

[2] Besitzung links des Weges zum Hafen gelegen, etwa 3 Kilometer von Pollenza entfernt.

»Ich werde schon erfahren, wer das Haus in Ordnung macht, und eines Tages, wo er vorgehabt hatte, nach Eu Vilá zu gehen, blieb er zu Hause, ohne jemanden etwas davon zu sagen, und versteckte sich, um aufzupassen, wer ihm die Arbeiten mache.

Es dauerte nicht lange, dass er im Verstecke war, als er einen Lärm innerhalb der Brunnenmündung hörte, und nach kurzer Zeit sah er eine Frau aus derselben herauskommen, welche anfing, das Haus in Ordnung zu machen.

»Sage mir, bist du die Magd die jeden Tag kommt mich zu bedienen?«, fragte er sie.

»Ja«, antwortete sie.

»Und wer bist du?«

»Ich bin die Wasserfrau.«

»Die Wasserfrau! Ich sehe, dass du auch verstehst, Hausfrau zu sein.«

Sie antwortete nichts, und nach einer kleinen Pause fing er wieder zu sprechen an:

»Nun denn, wenn du doch einmal die Frau dieses Hauses bist, könntest du auch meine Frau werden. Wenn du dich mit mir vermählen willst, können wir heiraten.«

»Ja«, sagte sie, »aber es soll nur unter der Bedingung geschehen, dass du mich niemals die Wasserfrau nennen kannst.«

»Also vermählen wir uns, dass dies leicht zu machen ist.«

Jene Frau kehrte nun nicht mehr in den Brunnen zurück, und sie verheirateten sich und bekamen zwei Kinder, ein Knabe und ein Mädchen.

Eines Tages, es war im Monat Februar, ging die Frau nach Eu Vilá, und anstatt aus den Saaten das Unkraut auszujäten, riss sie alle Blüten der Saubohnen-Pflanzungen ab. Am folgenden Morgen ging der Mann dahin und gewahrte den Schaden, den seine Frau angerichtet hatte, und nach Hause zurückgekehrt, frug er sie, warum sie die Blüten der Saubohnenpflanzungen vernichtet habe.

»Weil es ohnehin einen Frost machen sollte und dann dieselben verderben würden«, erwiderte sie ihm.

Aber der Mann, der mit diesem Beweggrund nicht einverstanden war, gab ihr böse Scheltworte und nannte sie Wasserfrau.

Sobald sie diese Worte vernahm, nahm sie auf jeden Arm ein Kind und kehrte in den Brunnen zurück und kam niemals mehr heraus.

Dieser Brunnen der Wasserfrau ist derselbe Brunnen, der jetzt noch in Can Garrit, in der Gasse von Montision gelegen, besteht.

# La Font de Xorrigo
## Die Xorrigos-Quelle
*Algayda*

Als die Mauren und die Christen sich heftig anfeindeten, so dass diese, wenn sie eine Mauren-Galiote (Schiff) sahen, selbe sogleich verfolgten, oder die Mauren es den unsrigen ebenso machten, geschah es, dass man in Xorrigo einen Hirten benötigte, und die Pächterin sagte zu dem Pächter:

»Schau Gabriel, ich glaube, es wäre für uns vorteilhaft, wenn wir erfahren können, dass eine Schiffsladung Mauren zu verkaufen ist, dass du zur Stadt gehen würdest, um einen Sklaven zu kaufen, der uns den Hirten machte; und so hätten wir nur für seinen Unterhalt zu sorgen.«

»Ja«, sagte der Pächter, »ich hatte mir dasselbe auch gedacht.«

»Also werden wir es machen; vielleicht werde ich dich begleiten und zugleich werden wir die Schwester besuchen, die seit langer Zeit uns darum gebeten hat.«

Nach vierzehn Tagen erfuhren sie, dass man eine Galiote gekapert hatte, spannten den zweispännigen Karren ein und fuhren langsam, langsam der Stadt zu. Angekommen, stellten sie den Wagen bei ihrer Schwester ein, die sich über ihren Besuch freute, und der Pächter ging dann nach dem Rathaus. Hier fand er die Mauren, die traurig und nachdenkend das Schicksal erwarteten, das sie treffen sollte, und auf die vorübergehenden Leute schauten. Der Pächter Gabriel gewahrte einen Jungen, schön und kräftig gebaut, von dem er die Augen nicht abwenden konnte. Nachdem er den Kauf abgeschlossen und die vereinbarte Summe bezahlt hatte, nahm er diesen Mauren mit sich, der von nun an sein Sklave war.

Am Abend kehrten sie wieder nach Xorrigo zurück, und unterwegs sagten sie zu dem Sklaven:

»Bei uns zu Hause wird es dir gut ergehen, weil du den Hirten machen musst, und wenn du dich wie ein Mann beträgst, wird es dir so sein, als wenn du zu Hause wärst.«

»Ja«, fügte die Pächterin hinzu, »wir werden dich wie einen Sohn halten.«

Der Maure äußerte sich nicht und zeigte sich recht traurig, was natürlich ist für einen, der sich in seiner Lage befand.

Angekommen in Xorrigo, begab sich jedes an seine Arbeit und der Hirte zu seinen Schafen, um sie zu pflegen. Die Zeit verging, und der Maure wurde sehr gut behandelt, ohne dass ihm etwas abginge.

Es kamen einige sehr schlechte Jahre, und da es nicht regnete, hatten sie gar kein Wasser mehr, weil es damals keine Quelle wie jetzt gab. Das Vieh verendete vor Durst und der Pächter war ganz verzweifelt. Eines Tages, während des Abendessens, sagte der Maure über diesen Gegenstand sprechend:

»Was gebet Ihr mir für eine Quelle, die Euch täglich mehr Wasser liefern würde, als der große Wasserbehälter von hier draußen fasst.«

»Viel.«

»Und was würdet Ihr mir geben, wenn ich sie fände?«

»Schau, lasse das gehen; ebenso gut könntest du wollen, dass ein Feigenbaum Orangen trägt.«

»Warum! Euch frage ich, was würdet Ihr geben, wenn ich sie auf dem Besitztum fände.«

»Was Ihr wollet.«

»Also wenn Ihr mir die Freiheit versprecht, werde ich Euch Wasser schaffen für das Vieh, für die Besitzung und für die benachbarten Güter.«

»Hast du es schon sicher?«

»Ganz sicher, aber vorher müsst Ihr mir versprechen, dass Ihr mir, sobald Ihr das Wasser bekommen werdet, die Erlaubnis gebet, fortzugehen.«

»An dem Tage, an dem du eine solche Quelle, wie du sagst, finden wirst, werde ich dir sogleich die Freiheit geben.«

»Versprechet Ihr es mir?«

»Ja, ich verspreche es dir.«

»Also kommt mit mir.«

Der Pächter nahm eine Laterne und der Maure eine Spitzhacke, und sie gingen beide von Hause fort, nach einem tiefen Tale, das zur Besitzung gehörte.

Als sie am Fuße eines sehr hohen Felsens angekommen waren, begann der Sklave an einer Fuge zu hämmern, wo es schien, dass man schon einmal angefangen habe, zu bohren; als er eine gute Zeit gehämmert hatte, fiel ein Stück Stein herab, und es sprang ein Wasserstrahl heraus, stärker wie ein Bein, der über den Pächter, welcher davor Licht machte, stürzte, und taufte ihn von oben nach unten.

Gut, dass es Sommer war. Nun sagte er ganz erstaunt zu Amet:

»Niemals hätte ich das gedacht, du bist der wirkliche Teufel.«

»Versprechen heißt Halten«, erwiderte der Sklave, »und nun kann ich frei nach meiner Heimat gehen.«

»Schau, lasse das gehen. Du hast es gut genug.«

»Meinetwegen; ich habe nichts zu klagen, weder über Euch noch über die Pächterin, aber ich will fortgehen. Versprechen heißt Halten.«

»Ei, ich will Zeit haben, um zu sehen, ob das Wasser immer fließt; vielleicht versagt es morgen schon!«

»Wenn bis in acht Tagen das Wasser ausbleibt, werde ich euer Sklave bleiben, wenn es aber fortfließt, verlange ich die Freiheit.«

»Es ist schon abgemacht«, sagte der Pächter.

Es vergingen die acht Tage, und das Wasser floss in gleicher oder noch größerer Menge wie am ersten Tag, aber der Pächter wollte ihm seine Freiheit nicht geben und mit Worten und Ausreden darüber hinwegkommen, indem er ihm sagte, dass ihm nie etwas fehlen würde, bis endlich der Maure ärgerlich darüber, ihm sagte:

»Wenn Ihr mir nicht die Erlaubnis gebet, wegzugehen, verspreche ich Euch, und mit einem zuverlässigeren Versprechen als das euere, dass ich Euch das Wasser verstopfen werde, und Ihr werdet es niemals wieder auffinden.«

»Du bist dazu nicht im Stande, diese Quelle verstopft niemand.«

»Nun wir wollen es sehen.«

»Pächter Gabriel, Ihr werdet an manchem Tag bereuen, was Ihr gemacht habt.«

Einen Monat darauf hielten folgendes Gespräch der Maure und eine Hirtin von einer benachbarten Besitzung, die zur Quelle kam, um zu trinken, und mit der der Maure schon andere Male gesprochen hatte.

»Ich sah dich aus jener Anhöhe«, sagte der Sklave, »und kam hierher, um von dir Abschied zu nehmen, weil ich ganz fest entschlossen bin, heute Nacht zu entfliehen. Lasse es doch niemanden erfahren.«

»Und warum Amet?«

»Der Pächter versprach mir, dass, wenn ich eine Quelle finde, er mir die Freiheit schenken würde, die Quelle ist da, und jetzt will er mich nicht frei lassen.«

»Es wird der Tag kommen, wo er dich gehen lässt.«

»Es ist schon lange Zeit her, dass er mir nein sagt, und heute Nacht warte ich nicht weiter, ich muss fliehen; aber zuerst komme ich um die Quelle zu verstopfen, weil der Pächter mir einen schlechten Streich gespielt hat.«

»Es steht fest, dass er es dir so gemacht hat, aber ich erbitte für mich eine Gunst, und das ist, dass wenn du sie verstopfest, du mir wenigstens ein Strählchen fließen lässt, damit ich im Sommer, wo es hier so warm ist, trinken kann.«

»Es kann nicht sein, weil der Pächter es finden könnte.«

»Wenn es noch so klein wäre, Amet, tue es meinetwegen.«

»Es tut mir leid für den Pächter, aber ich werde es nur für dich fließen lassen; wenn du den Pächter siehst, sage ihm, warum ich entflohen bin, und dass er auf seine Haut acht geben solle, denn wenn ich Gelegenheit finden werde, wird er es mir teuer zahlen.«

»Lasse ihn gehen.«

»Er hat es verdient.«

»Es ist wahr, aber sei nicht so.«

Amet verschüttete die Quelle und verabschiedete sich von der Hirtin, die ihm für das Wasserstrählchen dankte, das er für sie gelassen hatte.

In jener Nacht entfloh er, ohne dass jemand es bemerkte; und als der Pächter die Quelle nachsuchte, konnte er nur den Durst löschen, den die Ermüdung und der Ärger ihm verursacht hatte. Sehr bereute er, dass er ihm nicht alles, was er wollte, zugestanden hatte, und er lief noch nach der Stadt, um zu sehen, ob er ihn fände, aber es war umsonst, weil er schon das Wasser gewonnen hatte; er hatte sich eingeschifft, und er war schon doppelt so weit von Mallorca entfernt, als die Besitzung von der Stadt lag.

Sehr ärgerlich kehrte er nach Hause zurück und umsonst hämmerte er auf den Stein und suchte das Wasser, er musste sich mit dem Strählchen begnügen, welches, dank der Hirtin, der Maure zurückgelassen hatte.[3]

---

[3] Dasselbe Märchen erzählt man in Alcudia von der Quelle des Puig de Son Fé. Man erzählt sie dort nicht so vollständig wie in Algaida, aber der Inhalt ist derselbe.
Von einer Quelle des Hort vey de sa Bastida de Sant Juan erzählt man auch dasselbe Märchen mit sehr wenig Veränderungen.

# Es missé y es pagés
## Der Anwalt und der Bauer

*Felanitx*

Ein Herr, der Anwalt war, ging zu Fuß nach der Stadt, und als er gegen San Navata[4] kam, begegnete ihm ein Bauer.

»Wohin geht's«, fragte er ihn.

»Ich, bis zur Stadt«, sagte der Bauer, »und Ihr?«

»In die Stadt.«

»Also können wir zusammengehen.«

»Ja«, sagte der Herr.

Als sie ein Stück weiter gegangen waren, sagte der Herr:

»Bruder, willst du mich führen, oder soll ich dich führen?«

Der Bauer schaute ihn an, und gab ihm darauf keine Antwort, indem er überlegte:

»Welche Frage! Wie kann ich ihn führen, der ich ein so alter Mann bin?«

---

[4] Besitzung des Distriktes von Felanitx, etwa 3 Kilometer von der Stadt entfernt, zur Linken des Weges.

Sie gingen weiter und unterhielten sich mitsammen, und als sie bei Son Gornals waren, sahen sie Gerste, die sehr schnittreif und noch nicht geschnitten war, und der Herr fragte den Bauern:

Brüderchen, ist diese Gerste geschnitten oder nicht geschnitten?«

Der Bauer schaute ihn an, gab ihm aber keine Antwort.

Weiter gehend unterhielten sie sich mit anderen Dingen, und als sie an Porreras schon vorübergegangen waren, begegneten sie einer Leiche, welche man zum Grabe trug, und der Herr sagte zu dem Bauern:

»Brüderchen, dieser Mann, den man begraben will, ist der tot oder lebendig?«

Der Bauer gab ihm auch darauf keine Antwort.

Mit allerlei Dingen sich unterhaltend gingen sie weiter und weiter und kamen nach dem Prat, als es schon Dämmerung war.

Der Bauer war der Pächter einer Besitzung in der Ebene, nahe bei der Stadt, und er sagte dem Herrn, es würde schon zu spät werden, bis er nach der Stadt käme; deshalb solle er in seinem Hause übernachten und am folgenden Morgen weitergehen.

Der Herr sagte ja, er wolle bleiben, und als sie bei dem Hause jenes Bauern, der einen Sohn und eine Tochter hatte, ankamen, stand die Tochter unter der Türe.

»Welch schönes Portal«, sagte der Herr, wenn nicht ein Stück daraus fehlen würde.

Der Mann wusste wieder nicht, was er von dem, was der Herr sagte, denken sollte, weil an dem Portal kein Stein fehlte.

Das Abendessen wurde bereitet, und als es fertig war, setzten sie sich zu Tische.

Es wurde ein Hahn gebracht, und der Hausvater bat den Herrn, dass er ihn zerteile. Der Herr gab den Kopf dem Manne, die Brust der Frau, die Füße dem Sohne, die Flügel der Tochter, und den Rücken behielt er für sich.

Als sie gespeist hatten, unterhielten sie sich noch eine Zeit lang und sagten dann dem Herrn, wenn er Lust habe, schlafen zu gehen, sei das Bett schon bereitet.

Der Herr ging schlafen, und als die Familie ganz allein war, erzählte ihnen der Vater, dass jener Herr ihm mehrere seltsame Fragen vorgelegt habe. Er sagte ihnen, dass er ihn sogleich, wie er ihm begegnet war, gesagt habe, ob er wollte, dass er ihn führen solle, oder ob er ihn führen wollte.

»Ach, mein Vater, mein Vater«, sagte seine Tochter, »verstehst du nicht, dass er fragen wollte, ob du das Gespräch führen wolltest, oder ob er es tun sollte.«

»Ach«, sagte ihr Vater, »ich sehe es schon, ich sehe es schon. Aber dann frug er mich wegen einer Gerste, die schnittreif, aber noch nicht geschnitten war, ob sie geschnitten sei oder nicht.«

»Ach, mein Vater, mein Vater«, sagte seine Tochter, »verstehst du nicht, dass, wenn der Eigentümer ihm schuldet, wenn es auch noch nicht geschnitten ist, für jenen ist es schon.«

»Du magst Recht haben«, sagte ihr Vater, »aber als wir in der Nähe des Friedhofes von Porreras waren, sahen wir eine Leiche und er hat mich gefragt, ob ich wisse, ob sie tot oder lebendig sei.«

»Ach, mein Vater, mein Vater«, sagte die Tochter, »merkst du nicht, dass, wenn jener Tote selig geworden ist, er für immer lebend ist, und wenn er verdammt ist, so ist es dasselbe, wie wenn er tot wäre.«

»Aber wie wir hier ankamen, hat er zu mir gesagt, siehe welch schönes Portal, schade aber, dass ein Stück fehlt.«

»Ach, mein Vater, mein Vater, merkst du nicht, dass ich unter dem Portal stand, und da mir ein Vorderzahn fehlt, bezog er das auf meinen Mund. Und als wir zu Abend aßen, hat er Euch den Kopf gegeben, weil Ihr das Haupt des Hauses seid, die Brust der Mutter, weil sie es ist, welche die Last des Hauses trägt, die Füße meinem Bruder, weil er willige Füße haben soll, überall hinzugehen, wohin Ihr ihn schicket, und mir die Flügel, weil ich fliegen und ausfliegen muss und noch nicht weiß, wo ich mich niederlassen werde.«

»Ja«, sagte ihr Vater, »jetzt verstehe ich alles. Dieser Herr scheint sehr verständig zu sein, und du wärest sehr gut, mit ihm zu gehen.«

»Also sagte auch ich«, dachte bei sich der Herr, der alles gehört hatte, weil sein Zimmer nebenan und er noch nicht eingeschlafen war. »Und wie gut wäre es für sie, mit mir zu kommen. Und sie wird kommen, wenn sie will, ich will bei ihrem Vater anfragen, um sie zu heiraten.«

Und er schlief während der ganzen Nacht nicht; am anderen Morgen sagte er, dass er jenes Mädchen zu heiraten wünsche. Sie war einverstanden, sie vermählten sich und lebten in glücklicher Ehe.

## S'homo que cercava es tresó de Na Fátima
Der Mann, welcher den Schatz der Fátima suchte

*Puigpunent*

Es war ein Mann, der einen Hund hatte, welcher Tomeu hieß, und dieser Mann beschloss, den Schatz von Na Fátima zu suchen. Er ging, Erkundigungen einzuziehen, zu einem Herrn aus der Stadt, der Dinge zu erraten pflegte, der aber niemals in Puigpuñent gewesen war, und dieser sagte ihm:

»Und liegt nicht Son Forteza oberhalb Puigpuñent?«

»Ja.«

»Und zwischen Son Forteza und dem Dorfe steht dort nicht eine Tenne?«

»Ja.«

»Und wenn man bei dieser Tenne ist und weiter hinaufgeht, liegt die Fátima nicht zu unserer rechten Seite?«

»Ja.«

»Also steiget ein Stück höher hinauf vor den Collet d'es forn des vidre (Berg zu den vier Hügeln), und bei einem Felsengrund schautet alles gut an und Ihr werdet einen Asphodel mit zwei Blütenstängeln finden. Bei diesem Asphodel beginnet zu graben, aber wenn Ihr den Schatz nicht gleich das erste Mal findet, dann werdet Ihr ihn nie mehr finden können.«

»Und muss ich sehr tief graben?«

»Nein, Ihr werdet bald das Loch finden.«

Nun verabschiedete er sich von dem Errater, und als er sich entschloss, den Schatz aufzusuchen, nahm er auch zwei Stiere, d. h. zwei Männer, die den Militärdienst gemacht hatten, zu seiner Begleitung und ebenso seinen Hund, der Tomeu hieß.

Als sie den Asphodel fanden, begannen sie zu graben, und als sie kurze Zeit gegraben hatten, machte die Erde wie ein Wirbel, sank zusammen, und es zeigte sich ein Loch. Als sie das Loch fertig sahen, beschaute es sich der wackerste von ihnen allen und hatte keinen Mut, hineinzusteigen. Die beiden anderen sahen sich, einer den anderen, an.

»Gehen wir nicht hinein?«

»Wir gehen hinein.«

Als sie im Innern waren, fanden sie gepflasterten Boden und eine Art Anwurf aus alter Vorzeit mit Tropfsteinen überzogen. Sie gingen ein Stück weiter hinein, mehr erschrocken wie ein Kaninchen, der Hund mit dem Schweif zwischen den Füßen lief hinter die Füße des Herrn. An einer gewissen Stelle fanden sie eine Pfütze schwarzen Wassers, und sie bekamen Furcht, da sie genug davon hatten, wendeten sie sich nach dem Ausgang, und auf dem Rückweg wollte keiner der zwei mehr hinter dem anderen gehen, aus Furcht, darin bleiben zu müssen, darum gingen sie beide hart nebeneinander. Als sie herauskamen, trafen sie jenen Mutigen noch, welcher mehr Mann war, bevor er das Unternehmen begonnen hatte, und der sie erwartete.

Es geschah ihnen nichts, aber es blieb ihnen nichts anderes übrig, als die Verzauberung zu lassen. Das Loch, das sie gemacht hatten, fanden sie nicht mehr.

# S'encantament de na Fátima[5]
## Die Verzauberung der Fátima

*Puigpuñent*

Es war ein Mann, der auf dem Puig (Berg) der Fátima Holzspäne machte, und es erscheint ihm ein anderer, der ihm sagt:

»Willst du reich werden?«

Er erwidert darauf:

»Ja, was soll ich machen?«

»Du sollst gehen und drei Kerzen kaufen, sie am Tage des heiligen Johannes weihen lassen und dieselben am folgenden Tage hierher bringen. Und wie willst du, dass ich dir erscheine? Ich kann nicht so wieder erscheinen, wie ich jetzt bin, entweder in Gestalt einer Schlange oder in Gestalt eines Rindes. – Wenn du willst in der Gestalt einer Schlange, sollst du mit einer Schnitte Brot am Tage des heiligen Blasius in die Kirche gehen und mir dieselbe bringen.

Wenn du die Gestalt eines Rindes wählst, wirst du eine der drei Kerzen an der Lampe

---

[5] Nota. Dieses Märchen ist eine Variante des vorhergehenden.

des Hochaltars anzünden, mit dieser wirst du die beiden anderen anzünden, die du mir jede auf ein Horn stellen wirst, und die andere wirst du in der Hand tragen, und mit der anderen Hand wirst du mich beim Schweif führen, und so wirst du nach dem Felsen der Fátima gehen, allwo der Schatz im Zauberbann liegt. Wenn wir angekommen sind, wird sich der Felsen öffnen. Lasse den Schweif nicht aus der Hand, trete hinein, dort ist ein Gebäude aus Gold, ich voran, du hinter mir, werden wir um jenes goldene Gebäude herum gehen, und wenn ich es berühre, werde ich so dick, dass ich platzen werde, und alles wird massives Gold sein, und wir werden bleiben oberhalb des Felsens.

Also machte es jener Mann, aber als das Rind in den Felsen eintrat, bekam er Furcht, ließ es los, kehrte um und rannte gegen das Dorf und das Rind hinter ihm. Als das Rind ihn erreicht hatte, war der Mann halbtot und das Rind sagte zu ihm:

»Da und deine ganze Nachkommenschaft, ihr werdet elend und arm bleiben.«

Und man erzählt sich, dass über hundert Personen diese Worte gehört hätten; sie sagten aber nicht, dass sie das Rind auch gesehen hätten.

# S'encantament des pou des Borino[6]
## Die Verzauberung im Borino-Brunnen

*Andraitx*

Ihr müsst denken und glauben, dass in dem Borino-Brunnen eine Schlange versteckt ist, welche in Unzen platzen soll.

Diese Schlange kommt in hundert Jahren nur einmal heraus, am Tage des heiligen Johannes genau um die Mittagszeit und um den Schatz zu erhalten, welchen sie in ihrem Bauche hat, muss man warten, bis sie herauskommt, und ihr drei Schnitten von geweihtem Brot in das Maul geben.

Es waren viele, die gewagt hatten, ihr die erste Schnitte zu geben, aber aus Furcht, die sie ihnen einflößte, als sie bemerkten, wie sie sich anschwoll, entflohen sie gleich und kamen nicht dazu, ihr die zweite zu geben.

Ein waghalsigeres Mädchen als die anderen sagte, dass sie den Schatz erobern werde, und gesagt, getan, mit drei geweihten Brotschnitten

---

[6] Nota: In Puigpuñent besteht die gleiche Überlieferung, aber anstatt einer Schlange, ist es dort ein Rind.

macht sie sich am Tage des heiligen Johannes nach dem Hochamt dahin auf den Weg.

Genau in der Mittagszeit kommt die Schlange heraus, sie gab ihr die erste Schnitte, sie frisst dieselbe, und die Schlange wird sehr dick. Das Mädchen zittert vor Furcht und will weglaufen, dennoch wagt sie es und gibt ihr die zweite, und die Schlange wird dicker wie ein Ölmühlenbalken.

Als sie ihr die dritte Schnitte geben will, ist sie dazu nicht mehr im Stande und so voll Schrecken erfüllt, dass sie entflieht und eine Stimme hört, die zu ihr sagt:

»Hast begonnen und nicht vollendet. Die Armut wird dein Stand sein.«

Und man sagt, dass seither niemand mehr den Versuch gewagt hat, den Schatz aus dem Borino-Brunnen zu gewinnen.

# Es negret de sa Coma
Das Negerchen aus der Coma

*Sóller*

Ein Negerchen hütet einen Goldhaufen und nur am Ostersamstag beim Glorialäuten kommt er heraus. Um den Schatz zu gewinnen, muss man mit einer geweihten und mit dem neugesegneten Feuer angezündeten Kerze dahin gehen.

Um ihm den Schatz zu entreißen, muss man mit dem Munde und mit einem Kusse einen Ring von Gold, den es am Munde hat, wegnehmen.

Wenn man ihm den Ring nimmt, fällt es leblos hin, und derjenige, der ihm den Ring genommen hat, trägt den Schatz weg.

# Es tresó de sa Cova de Son Creus
## Der Schatz der Höhle von Son Creus

*Buñola*

Zwei Männer aus Buñola, welche in Pollensa Kohlen brannten, entschlossen sich, den Schatz der Höhle von Son Creus zu suchen, sie gingen hin, fanden aber nichts. Als sie aus der Höhle herauskamen, fanden sie auf einem Felsen ein paar kleine Knochen, und sie betrachteten sie.

Als sie wieder nach Pollensa zurückgekehrt waren, sagte eines Tages ein Mann, der Schmied war und sie zum Trinken einlud, zu ihnen:

»Und was habt ihr in jener Höhle von Son Creus gemacht?«

Die beiden waren sehr überrascht und antworteten ihm:

»Wir gingen nicht hin.«

»Nicht hingegangen? Gebet doch zu, dass ihr dort ward, denn wie ihr jene Knochen auf jenem Felsen beschaut habt, sah ich euch so gut, wie ich euch jetzt sehe. Wisst ihr nicht, von wem jene Knochen waren?«

Sie antworteten ihm mit Nein.

»Also, sie waren von einer Fleischpastete (panada), die wir aßen, ich und mein Gefährte. Brachtet ihr viel Zeug von da drinnen heraus?«

»Nein, wir fanden fast nichts.«

»Wenn ihr mit mir gehet, könnten wir das ganze Erz und so viel Geld, als wir wollten, herausbekommen.«

»Was! Sie ist innen verschüttet und bis dahin gibt es gar nichts?

»Nein, da gibt es nichts! Aber wenn wir beim Schutte sind, können wir daran vorüberkommen, und nichts mehr wird uns aufhalten. Im Hineingehen wird das Erste, was wir finden werden, nachdem wir die verschüttete Stelle passiert haben, ein Mönch sein. Ihr braucht euch nicht zu erschrecken, ich werde vorausgehen. Der Mönch wird zu uns sagen: ›Was sucht ihr hier?‹ – ›Wir wollen etwas Geld suchen‹, erwidern wir ihm. ›Vereinbarung‹, wird der Mönch sagen. ›Vier Stunden.‹ – ›Nein.‹ – ›Zwei Stunden.‹ Wieder wird er sagen: ›Nein.‹ Und immer mehr setzen wir herunter, wieder herunter, bis wir es um eine Minute vereinbaren werden. Dort werden wir vielen Lärm hören, aber ihr braucht nicht zu erschrecken. Wir werden weiter gehen, und tiefer im Innern werden wir eine Nonne finden, welche uns dasselbe sagen wird wie der Mönch, und wir erwidern ihr das Gleiche, und wir werden noch mehr Lärm hören, aber wir müssen nicht darauf achten. Wir werden weiter hineingehen, zu einem Strom kommen, den wir auf drei Steinen überschreiten, und dann einen anderen Mönch finden, der das Geld hütet, und dort ist es, wo wir den meisten Lärm hören werden. Der Mönch wird sagen: ›Vereinbarung.‹ Er wird uns nicht mehr wie eine Minute geben wollen, und wir werden mit dem gleichen Beding, wie wir eintraten, auch herauskommen, aber mit Geld beladen.«

Sie verabredeten sich, nach vier Monaten hineinzugehen, aber nach zweien starb jener Mann, und die beiden anderen konnten den Schatz nicht finden.

# Es tresó de ses Cases d'Aufabi
## Der Schatz der Häuser von Aufabi

Man sagt, dass unter den Häusern von Aufabi eine Höhle war mit einem Schatz, bestehend aus einem Haufen Geld, den eine Schlange hütete.

Um den Schatz zu heben, musste man der Schlange einen Heller (diné) Petersilie, die in Can Cayetano de Sóller gekauft ist, in das Maul geben.

Ein waghalsiger Mann, von zwei anderen begleitet, ging, den Schatz zu suchen, und brachte der Schlange die Petersilie; aber als sie dieselbe entdeckten, fingen Felsen herabzustürzen an, und sie bekamen einen solchen Schrecken, dass in Folge dessen zwei starben.

Jener Mann, der lebend verblieb, kehrte ein anderes Mal wieder hin, gab ihr den Heller Petersilie, die Schlange fraß es und verendete, und der Schatz war von jenem Mann gewonnen.

# Sa pó de Concas
## Das Gespenst von Concas

*Puigpuñent*

Es ging das Gerücht, dass in Concas ein Gespenst umgehe, und niemand wollte dort übernachten.

Ein kühner Mann erklärte sich bereit, wenn man ihm eine Wurst gebe, die er gedörrt essen könne, eine ganze Nacht dort zuzubringen, um zu sehen, was das Gespenst war.

Man gab ihm die Wurst, er ging weg, und wie er bei dem betreffenden Besitzhause war, betrat er das Innere und ging bis zum Feuerherd, wo er ein starkes Feuer machte, um sich zu wärmen, da es Winter war. Als das Feuer schon Kohlen gemacht hatte, fing er an, Schnitten von der Wurst zu machen und sie auf das Feuer zu legen. Während er die erste Schnitte aß, hörte er eine Stimme von oben aus dem Kamin, welche sagte:

»Ich falle, ich falle.«

»Falle«, antwortete er, »sollst in Stücke fallen!«

Kaum hatte er diese Worte gesprochen, tuptup fiel aus dem Kamin vor seinen Augen das Bein eines Mannes herab.

Er achtete nicht darauf und fuhr fort, Wurst zu essen.

Nach kurzer Zeit hörte er wieder:

»Ich falle, ich falle.«

»Falle«, antwortete er, »sollst in Stücke fallen!«

Und tuptup fiel ein anderes Bein eines Mannes herab.

Wie wenn nichts gewesen wäre, fuhr er fort, gedörrte Wurst zu essen.

Nach einer Weile hörte er dieselben Worte wieder:

»Ich falle, ich falle.«

»Falle, sollst in Stücke fallen!«

Und es fiel ein Arm und dann ein anderer, und in kurzer Zeit immer dieselben Worte wiederholend, fiel ein Rumpf herab von einem menschlichen Leibe.

»Nun, was wird das sein«, dachte der Mann und fuhr fort zu essen, als er von oben aus dem Kamin dasselbe, aber stärker und flehentlicher wie die früheren Male hörte:

»Ich falle, ich falle, ich falle.«

»Falle, sollst in einem ganzen Stücke fallen«, antwortete er.

Und sogleich fiel ein Kopf herab, und wie derselbe auf den Boden kam, fügte sich alles, was gefallen war, aneinander, und es bildete sich ein ganzer und lebendiger Mann.

Als er denselben sah, fragte er ihn:

»Was wünschet Ihr in Gottes Namen?«

Aber jener Mensch, ohne ihm eine Antwort zu geben, setzte sich am Feuer, neben ihm, nieder.

»Wir werden schon sehen«, dachte er und begann eine andere Schnitte Wurst zu dörren. Als er sie geröstet hatte und im Begriffe war, zu essen, befeuchtete jener Mensch sich den Finger mit Speichel und Asche und beschmutzte ihm die Wurst.

Als er das sah, sagte er:

»Beschmutzet mir nicht mehr die Wurst, sonst gebe ich Euch eine Ohrfeige.«

Aber jener Mensch gab ihm wieder keine Antwort und wartete, bis er ein anderes Stück Wurst dörrte.

Kaum er dieselbe wieder gedörrt hatte, befeuchtete er wieder den Finger mit Speichel und Asche und beschmutzte sie ihm ganz.

Er wendet sich um und gibt ihm eine Ohrfeige, die ihn auf den Rücken fallen lässt. Nun stand der Mann auf und sagte zu ihm:

»Brüderchen danke. Es sind sieben Jahre, dass ich im Fegfeuer war, weil ich im Leben meinem Vater eine Ohrfeige gegeben hatte, und ich konnte nicht in den Himmel kommen, bis man mir auch eine solche gegeben hatte. Jetzt dürft Ihr sicher sein, dass hier kein Gespenst mehr erscheinen wird.«

Und er verschwand durch das Kaminloch.

Dieser aß seine Wurst fertig, in der Früh kehrte er nach Hause zurück und sagte, dass er das Gespenst für immer verschwinden gelassen habe, und also war es.

## Sa pó d'es Rafal
Das Gespenst vom Rafal

*Banyalbufar*

Im Rafal ging ein Gespenst um, von dem man sagte, dass es überall war und dass man es nirgends sehen konnte. Es ging durch alle Zimmer der Häuser, ausgenommen vor der Kirche. Niemand hatte es je gesehen, wenn es nicht einige Knaben waren, welche am Allerseelentage Zirbeln aßen, die einen Mann mit einem sehr langen Bart auf einem Balkon sahen, der aus einer sehr großen Pfeife rauchte.

In der Nacht hörten sie vielen Lärm, Teller und Töpfe zerschlagen, aber am anderen Morgen fanden sie alles wieder heil und ganz.

Niemand wollte um keinen Preis mehr in jenem Hause schlafen.

Ein Geistlicher, der sehr waghalsig war, sagte, dass er dort schlafen würde; er ging hin übernachten, und als er sich niederlegte, ließ er das Brevier auf einem Stuhl beim Bette liegen. Er war noch nicht eingeschlafen, als er hörte, wie man das Brevier nahm. Er zündete ein Zündhölzchen an, sah aber niemanden, und das

Buch lag noch genauso, wie er es gelassen hatte. Nach einigen Augenblicken hörte er wieder Lärm und fragte:

»Wer berührt das Buch?«

»Ich halte das Buch«, sagte eine Stimme; er zündete sofort ein Zündhölzchen an, sah aber niemanden, und das Buch lag am selben Ort.

Am anderen Tag sagte er, dass er nie mehr dort schlafen wolle.

Ein anderes Mal ging ein sehr mutiger Ritter hin, um daselbst zu schlafen, und ließ seinen Degen neben der Bettlehne.

In der Nacht hört er Geräusch von Ketten, stand vom Bette auf, ergriff den Degen und schlug kräftig um sich. Am anderen Tage, als er aufstand, fand er nichts als die Spuren der Degenhiebe an Wänden und Stühlen.

Ein anderes Mal, und zwar endete dies den Geisterspuk, ging ein Jüngling in demselben Zimmer schlafen, und wie er sich niedergelegt hatte, fühlte er, dass man das Bett, welches auf Rädern war, von der Stelle bewegte; er brach in ein Gelächter aus und sagte: »Hier nehmet diesen«; das Bett bewegte sich nicht mehr und der Spuk war zu Ende.

## Sa pó de sa Bufera[7]
Das Gespenst der Bufera

*La Pobla*

Ein Mann fischte mit Würmchen Aale in der Bufera und trug einen Korb auf dem Rücken.

Es war ein Ochse in der Bufera aufgezogen worden, den man Pau nannte, und eines Tages, als ein Sturm losbrach, fing der Ochse an zu rennen und zu brüllen, und brüllend lief er von einer Seite zur anderen.

Jener Mann, der mit Würmchen fischte, hörte das Brüllen, erschrak und rief:

»Jesus, Heiliger Antonius«, sprang in den Wassergraben und warf den Korb weg.

Der Pau, jener Ochse blieb nicht stehen bis La Pobla, und als er zu dem Hause gekommen war, wo er geboren worden, klopfte er mit dem Fuß an die Türe, und der Herr des Hauses, der klopfen hörte, fragte:

»Wer ist da?«

Keine Antwort, er fragte wieder:

---

[7] Albufera.

»Wer ist da?«

Und wieder keine Nachricht.

Zuletzt steckte er den Kopf zum Fenster hinaus und sieht den Ochsen.

»Es ist der Pau«, sagte er, und ging sogleich hinunter, um aufzumachen, packte ihn bei einem Horn, führte ihn in die Strohkammer, gab ihm ein Bündel Futter und ging, um den Schlaf zu töten.

Dieser Ochse ward das Gespenst der Bufera, weil jener Mann der Aale fischen wollte, aussagte, dass er ein Gespenst gehört habe, und wenn ihr es nicht glaubt, in Ca na Bassera wissen sie das Weitere.

## Es pastó de Galatzó
Der Hirt von Galatzó

*Capdellá*

Ein Hirte des bösen Grafen war mit diesem im Streite, und der erzürnte Graf sagte ihm:

»Gib Acht, du wirst sterben und wirst nicht wissen wo.«

»Ja ich werde es doch wissen, wo immer man mich tötet, ich werde es wissen.«

Eines Tages nimmt ihn der Graf mit drei oder vier seiner Leute gefangen, sie führten ihn mit verbundenen Augen weg, und der Graf sagte zu denen, die ihn begleiteten, dass sie gar keinen Lärm machen sollten, damit er nicht wüsste, durch welche Gegend sie ihn führten. Aber der Hirte – was wirst du sagen –, als sie durch ein Gässchen kamen, das hinter den Häusern lag, sagte zu ihnen:

»Jetzt habe ich das Gässchen hinter den Häusern durchschritten.«

Als sie eine Strecke weiter gegangen waren, sagte ihm der Graf:

»Diesmal kannst du es nicht erraten.«

Und sie führten ihn über den Collet de ses egos, um ihn in den Avench (Schlucht) de s'esquena des ases zu werfen, und was glaubst du, was er sagte? Er sagte:

»Wenn ihr mir nicht den Kopf abschneidet, bevor ihr mich hineinwerfet, so weiß ich, von wo ich wieder herauskomme und ich werde bei den Häusern von Galatzó schneller sein als ihr, weil die Schlucht, wohin ihr mich führt, in eine Höhle im camp de ses sinis mündet, welche Euch nicht bekannt ist.«

Der Graf, sehend, dass er alles erriet und dass mit ihm nichts zu machen sei, sagte:

»So gewiss wird er eines Tages in meiner Gewalt sein, nimmt ihm die Binde von den Augen weg und befiehlt, er solle weggehen.«

Nach langer Zeit sagte eines Tages der Hirte zu dem Grafen:

»Herr Graf, wollen Sie den Avench des puig des caragol sehen?«

»Nein, ich gehe mit dir nirgends hin«, sagte der Graf zu ihm, »denn du siehst mehr mit verbundenen Augen wie ich mit offenen.«

Und nun wollte er ihn nicht mehr töten und sagte ihm nichts mehr.

# El Sen Guayta
Der alte Guayta

*Felanitx*

Es war ein Mann, der auf dem Felde von Cala Murada pflügte, und eines Morgens, als ein Nebel herrschte, was man nicht sagen kann, sah er sich plötzlich von einer Anzahl Mauren umrungen, die ihn gefangen nahmen und wegführten, während sie das Pfluggespann gekoppelt zurückließen.

Sie verbanden ihm die Augen und führten ihn zu ihrem Boote, und als sie ihm die Binde entfernten, sah er nichts mehr als Himmel und Wasser.

In Algier angekommen, brachten sie ihn auf den ersten Markt, der stattfand, zum Verkaufe, und es kaufte ihn ein sehr reicher Maure, aber nach kurzer Zeit verarmte er und verkaufte alles, was er hatte, und auch jenen Sklaven.

Dieser Sklave kam in die Hände eines andern, sehr reichen Mannes, der aus Jerusalem war, und der nach seinem eigenen Lande zurückkehrte und ihn mitnahm. Dort diente er ihm als Gemüsegärtner, und weil er ein sehr guter

Mensch war, ließ er ihn seine Religion befolgen, und er besuchte von Zeit zu Zeit die Brüder des heiligen Franziskus und befreundete sich sehr mit einem von ihnen, der sein Beichtvater war.

Eines Tages, zur Belohnung seiner Ehrlichkeit und christlichen Gesinnung, fügte es der liebe Jesus, dass er auf folgende Weise seine Freiheit erhielt.

Ein kleiner Knabe, den der Sklave dort angetroffen hatte, denn es waren fünfundzwanzig Jahre, dass er mit jenem Herrn stand, war groß geworden, hatte geheiratet und ging spazieren mit seiner Braut und andern Leuten in dem Gemüsegarten, wo der Sklave als Gärtner arbeitete.

Der Sklave hörte ein Jammergeschrei, lief schnellstens herbei, sah, dass die Braut in das Wasserbehälter gefallen war, er achtete nicht darauf, ob er verschwitzt war oder ob sein Leben in Gefahr kam, springt in das Wasser und zieht die Braut heraus, ohne dass sie Schaden genommen hätte.

Ihr könnt selbst urteilen, wie sehr der Schwiegervater und ihr Mann dem Sklaven dankbar waren.

Sogleich luden sie ihn ein, am selben Tag mit ihnen zu speisen, und das war eine große Vergünstigung von ihnen, weil niemals einer der Bediensteten mit ihnen speisen durfte.

Als sie gegessen hatten, sagte der Herr zu ihm:

»Siehe, ich muss Euch belohnen für den Dienst, den Ihr mir geleistet habt. Saget mir, was wählet Ihr. Zieht Ihr vor, euer ganzes Leben hindurch, bei uns zu bleiben, und wenn ich sterbe, werde ich Euch so viel hinterlassen, als Ihr zum Leben braucht, oder wollt Ihr nach Hause zurückkehren?«

Er erwiderte, dass er es überlegen und gleichzeitig mit seinem Beichtvater beraten wolle, der ein Mönch vom Orden des heiligen Franziskus war, und der Mönch sagte ihm:

»Wenn Ihr noch eigene Verwandte auf Mallorca habt, dann ziehet hin, denn sie müssen sich sehr nach Euch sehnen.«

Diese Worte brachen sein Herz, und ohne mehr darüber zu denken, ging er zum Herrn und sagte ihm:

»Mein kleiner Herr, ich ziehe vor, nach Hause zu gehen, und wenn ich jemanden aus meiner Familie am Leben finde, werde ich noch Zeit haben, sie umarmen zu können.«

Der Herr erwiderte ihm:

»Also gehet auf dem Molo und benachrichtigt mich von dem ersten Schiffe, das nach Spanien geht, ich werde Euch die Reise bezahlen.«

Denket euch, wie gerne jenes Männchen am Ufer aufpasste. Eines Tages, als er ein Schiff mit einer gelb-roten Flagge gewahrte, und wissend, dass es aus Spanien sei, lief er eilends zum Kapitän und fragte ihn, ob er Raum habe, um ihn einzuschiffen.

Der Kapitän bejahte es, und sehr befriedigt darüber ging er zum Herrn, um sich zu verabschieden, der Herr gab ihm Geschenke mit, und er kehrte nach Mallorca zurück.

In seinem Hause hielten sie ihn für gestorben und niemand dachte mehr an ihn. Eines Morgens früh trat er in sein Haus, worin er seine zwei Töchter fand, die leichte Arbeiten verrichteten, und diese waren die einzigen Überlebenden von seiner ganzen Familie.

Als sie ihn sahen, erhoben sie ein großes Geschrei, fielen ihm um den Hals und weinten und weinten vor Freude, sie konnten sich nicht fassen, dass sie ihn wiedersahen.

Er zog ein Kästchen heraus, worin die Geschenke seines maurischen Herrn waren, und gab dieselben seinen Töchtern.

Er lebte in Felanitx noch viele Jahre, und wenn man ihn befragte, wer ihn aus dem Maurenlande befreit hatte, antwortete er:

»Meine Ehrlichkeit.«

# Es moros d'es Castellet
Die Mauren des Castellêt

*Deyá*

Im Castellêt wohnten vier Mauren, die von dem lebten, was sie stahlen. In die Mühle nahe vom Castellêt gingen sie, um Mehl zu stehlen, und um nicht ertappt zu werden, gingen sie auf dem Rückweg rücklings, damit man aus den Fußstapfen nicht erkennen konnte, wohin sie gegangen waren.

Ein Hirte, der in jener Umgebung Schafe hütete, hörte eines Tages die Mauren ein Gespräch führen und behorchte sie: Sie sprachen davon, dass sie wussten, man trachte darnach, sie gefangen zu nehmen, und auf welche Weise sie sich befreien sollten. Wenn ihre Lage eine verzweifelte geworden, würden sie sich den Felsen herabstürzen innerhalb eines Ölkruges, und derjenige, der sich zuerst herabstürzte, solle den anderen sagen, ob er sich wehgetan habe, und so könnten alle entfliehen.

Der Hirt erzählte das im Orte, und eine Anzahl Männer verabredeten sich, sie oberhalb des Felsens zu verfolgen. Der Hirt blieb unten, und als die Mauren sich aufs Äußerste getrieben sahen, bereiteten sie die Ölkrüge vor, und einer warf sich damit herab und wurde zerschmettert.

Die anderen Mauren erwarteten dessen Rufen, dass es ihm gut gegangen sei. Der Hirte schrie den drei andern von unten hinauf:

»Werfet euch herunter, weil ich mir nichts getan habe.«

Die drei anderen stürzten sich ebenfalls herunter und alle blieben tot.«

Diese vier Mauren waren die letzten, welche in Deyá hausten.[8]

---

[8] Vom Schlosse von Alaró erzählt man sich ein Märchen, das diesem gleich ist.

# Es moros de Castell de Santueri
Die Mauren des Castell von Santueri

*Felanitx*

Es war noch nicht den Mallorquinern gelungen, den Mauren das Castell de Santueri zu nehmen, und sie beschlossen einen Tanz in Badalona[9] aufzuführen. Sie begannen den Tanz, die Mauren wurden davon gewahr und gingen, um die Musik zu hören, nach der Seite, wo der Tanz stattfand, und während sie zerstreut waren, wurde das Castell von der anderen Seite erstürmt. Die Mauren sahen sich verloren und sprangen, den Kopf in einem Ölkruge, vom Castell herab.

Einige der Entflohenen versteckten sich in der Höhle von Covafonda, und dort wurden sie belagert, aber jeden Tag fingen sie Fische und zeigten sie den Christen, damit sie sehen sollten, dass sie noch nicht vor Hunger sterben würden, und das kam daher, weil die Höhle ein Loch hatte, das bis zum Meere ging und das niemand kannte, ausgenommen die Mauren.

---

[9] Eine Besitzung unterhalb des Schlosses.

# Es Cabré de sa Plana
## Der Ziegenhirt der Plana

*Manacó*

Ein Ziegenhirt der Plana wollte seine Ziegen melken, fand aber keine einzige.

»Was kann das sein«, dachte er und begann sie zu suchen, und aus einiger Entfernung sah er seine Herde und die Mauren, die sie wegtrieben.

Sogleich zieht er seine Schleuder hervor, setzt einen Stein darein und fängt an zu schreien:

»Up, up, lasset die Ziegen gehen.«

Und Steinwurf auf Steinwurf fällt, seine ersten schlugen auf einen Stein und gingen in Stücke. Die Mauren hatten vor nichts so sehr Furcht als vor Steinwürfen, sie ließen die Ziegen gehen und flohen meerwärts. Der Hirte verfolgte sie mit seinen Steinen bis zum Meere, und ein paar wurden schwer verwundet.

# Es pastó des Pou de ses Basses
Der Hirte des Brunnens von Ses Basses

*S'Arracó Andraitx y Capdellá*

Es war ein Hirte, den die Mauren verfolgten und den sie nie fangen konnten.

Eines Tages fanden ihn zehn oder zwölf Mauren und liefen ihm nach. Er entfloh über eine Klippenreihe und blieb erst bei der letzten und äußersten von allen stehen, und hier setzte er sich nun, die Flöte zu spielen und die Mauren zu verlachen, welche sich fürchteten, die Klippen zu überschreiten, und ihn nicht fangen konnten.

Die Mauren sagten ihm:

»Wir werden dich schon fangen, es wird ein Tag kommen, an dem du uns nicht entfliehen wirst.«

Einmal fanden ihn fünf Mauren, als er einen Topf Milch am Feuer hatte, und sie umringten ihn.

»Jetzt bin ich schon eurig«, sagte er zu ihnen, »aber nachdem ich euch doch nicht mehr entfliehen kann, lasset mich wenigstens einen

Teller Milch essen, und wenn ihr auch davon wollet, so gibt, es noch genug davon.«

Sie sagten ja, und wie er ihnen die kochende Milch ausschenkte, verbrühte er sie alle, und unter Löffelhieben ließ er sie entfliehen.

Ein anderes Mal fanden sie ihn innerhalb eines Brunnens, in den er hineingegangen war, um Wasser zu trinken, und von oben herab riefen sie ihm zu:

»Dieses Mal entfliehst du uns ja nicht.«

»Ich sehe es schon«, erwiderte er aus dem Innern des Brunnens, »jetzt werde ich herauskommen, umringet die Brunnenöffnung, aber wenn ich herauskomme, könnt ihr mich nur durch die Gerte, die durch meinen Gürtel geht, fangen.«

Als er aus dem Brunnen kam, hielten die Mauren ihn sofort an die Gerte fest, er machte einige Windungen, ließ die Gerte in ihren Händen und entfloh.

Ein anderes Mal fanden sie ihn in einer Höhle.

»Von hier kannst du ja nicht entfliehen«, sagten sie. »Wir werden warten, bis er herauskommt, und wenn er nicht kommt, wird er vor Hunger sterben. Es wird nicht so gehen wie damals beim Brunnen.«

Als er sie hörte, steckt er den Kopf durch ein Loch aus der Höhle heraus und bricht in ein großes Gelächter aus.

»Lache nur«, sagten die Mauren, »diesmal entkommst du uns ja nicht.«

Aber er hatte ein Brot und was macht er, er zeigt es ihnen durch dasselbe Loch der Höhle, indem er ihnen sagte:

»Ich teile das Brot.«

Sodann teilte er es schnell, zeigte ihnen die Hälfte und sagte ihnen:

»Ich teile das Halbe.«

Er nimmt ein anderes Stück davon weg und sagt zu ihnen:

»Ich teile das Stück.«

Er schneidet schnell eine Schnitte, zeigt sie ihnen und sagt:

»Ich teile die Schnitte.«

Als die Mauren dies sahen, sagten sie:

»Er hat Brot für vierzehn Tage, gehen wir, gehen wir, es ist nichts zu machen, mit diesem Hirten.«

Sie konnten ihm nichts anhaben, und diese Höhle wurde seit dieser Zeit die Höhle von *Teile Brot*, (cova d'escata pá) genannt, und noch heute nennt man sie so.

# Es fiy de l'amo de Son Forteza
Der Sohn des Pächters von Son Forteza

*Manacó*

Die Schnitter von Son Forteza verließen eines Morgens ihre Häuser und gingen zum Mähen, sie trafen Mauren, aber diese hatten Furcht vor den Sicheln und sagten ihnen nichts.

Die Schnitter kehrten sogleich, um zu den Häusern zurückgehen und zu sagen, dass man vor den Mauren auf der Hut sei, aber schon war es zu spät. Die Mauren waren ihnen zuvorgekommen und hatten den Pächter gefangen genommen. Als die Schnitter sahen, dass der Pächter fortgeführt werde, gingen sie sofort zu dem Sohne, der sich auf einem eingezäunten Felde in der Nähe befand.

Als der Sohn das vernahm, geht er nach Hause und nimmt ein Pferd mit weißem Gesichte und ein Stück von einem Säbel und eine Flinte ohne Schloss und jagte hinter den Mauren her. Als er sie fand, rannte er den einen um, warf den andern zu Boden und verwirrte sie alle mit seinem Pferde, sie entflohen, und er befreite seinen Vater. Die Mauren fanden dann einen Hirten am Meeresufer, und sie führten ihn mit sich nach Algier. Dort, man weiß nicht, was er arbeitete, er verdiente jedoch so viel Geld, dass es genügend war, um sich loszukaufen, und er kehrte nach Mallorca zurück.

# Es fét de sa torre de Cañamel

Die Geschichte des Turmes von Cañamel

*Artá*

Es war ein Vater, welcher zwei Söhne und eine Tochter hatte, diese gingen Anfang Juni um Korn zu schneiden auf die Felder beim Turme von Cañamel. Sie banden eine Kalbin, die sie mitgeführt hatten, am Ufer des Torrenten von Ñana an und begannen zu mähen.

Die Tochter ging zur Quelle von Bagura um Wasser zu holen und nahm etwas Wäsche mit, um sie zu waschen.

Es war ungefähr um neun oder zehn Uhr, als sie drei Männer sahen, welche auf der oberen Seite des Torrenten herabstiegen, die Kalbin losbanden und sie auf der anderen Seite hinter dem Turme wegführten; es waren Mauren.

Als die beiden Söhne sahen, dass die Mauren die Kalbin wegtrieben, eilten sie ihnen nach, der eine mit seiner Sichel, der andere nahm sie nicht mit.

Als sie sie eingeholt hatten, fingen sie Streit mit ihnen an, weil sie die Kalbin wieder zurückhaben wollten und sie nicht bekamen.

Einer der Mauren schlug mit einem jener Stöcke, die sie mitzuführen pflegten, welche eine Spitze hatten, denjenigen, der eine Sichel hatte, betäubte ihn, dass er die Sichel verlor.

Während dieses Streites blies der Turmwächter[10] auf dem Schneckenhorn, weil er eine andere Horde Mauren gesehen hatte, die von der Meeresseite heraufstiegen. Die Männer, die sich stritten, entflohen, und die übrigen Arbeiter aus der ganzen Umgebung und alle kamen zu dem Turme, um sich darin zu verbergen.

Als sie beim Turme waren, erinnerten sie sich der Schwester, welche zum Wasser holen gegangen und nicht wieder erschienen war, beim Klange des Schneckenhornes; sie entschlossen sich, die Schwester suchen zu gehen, gemeinsam mit ihrem Vater und den anderen Männern, welche zum Turm gekommen waren.

Sie gingen fort, und als die Mauren sie sahen, liefen sie davon, aber wie sie bei der Gola (Torrenten-Mündung) waren, in der Nähe des Strandes, bei den Höhlen, ließen sie die Kalbin zurück, weil sie dieselbe nicht über die Gola mitnehmen konnten.

---

[10] Der Turmwächter von Cañamel hatte zu wachen und das Horn zu blasen, sobald er Mauren sah, damit alle Leute zum Turme kommen und sich schützen konnten.

Jene, die ihnen nachliefen, fanden jenes Mädchen, das zum Wasser holen gegangen war, an einem Baum bei der Quelle festgebunden und misshandelt. Die Mauren hatten sie nämlich bei der Quelle gefunden und so zugerichtet, dass sie am Sterben war.

Ihr Vater und die Brüder hoben die Tochter auf, trugen sie noch lebend nach Artá, aber sie starb daran, und die anderen Männer, um sie zu rächen, liefen den Mauren nach, bis an das Meeresufer, aber dort hatten diese auf dem Ufersand ein Boot bereit, worin sie sich einschifften. Die am Lande konnten sie nicht mehr verfolgen, aber sie beobachteten sie, dass sie die Fahrt nach der Cova des Coloms nahmen, wie, um der der Cova de Hermita gegenüber zu gelangen, und sie stiegen auf Bergeshöhe und bemerkten, bevor sie das Cap Vermey erreichten, eine größere Barke, und in dem Boote war schon niemand darin.

Die große Barke segelte ab und die Männer von Artá konnten den Tod jenes Mädchens nicht rächen.

# Sa Fosca quantre es Moros
## Die Dunkelheit gegen die Mauren

*Capdepera*

Die Mauren waren im Zuge, einen großen Angriff zu machen, und wollten sich bei Cala Retjada ausschiffen. Die Gabellins (Name, den man den Leuten aus Capdepera gibt) wussten, dass dieses Mal eine große Anzahl kommen würden, und hatten große Befürchtung. Sie riefen die Mutter Gottes der Hoffnung aus dem Castell von Capdepera an, und sogleich erhob sich aus dem Castell eine Nebelwolke, welche sich nach dem Meere zu bis zu den Schiffen der Mauren ausdehnte. Die Mauren fuhren wieder ab, weil sie in dem Nebel nicht anlegen konnten, dann ging er vorüber, und sie kehrten wieder zurück, und drei Mal versuchten sie es, und sie konnten sich nicht ausschiffen, und die Gabellins dankten sehr der Mutter Gottes der Hoffnung.

# Es moro de dins sa cova
Die Mauren in der Höhle

*Santañi*

Ein Ziegenhirte des Rafal des Porchs sah, dass Mauren in einer Barke kamen, und bevor sie am Ufer ankamen, zieht er die Schleuder heraus und so lange wirft er dieselben, dass er sie auf keinerlei Weise anlegen ließ.

Als sie erschöpft waren, sagten sie zu ihm:

»Komm näher, komm näher, beim Glauben der Mauren, die wir sind, werden wir dir nichts zuleide tun.«

Er näherte sich ihnen, die Mauren landeten, sie wurden miteinander bekannt und dann gingen sie fort.

Nach einigen Tagen kehrten die selbigen wieder zurück, und wieder ließ er Steine auf sie fliegen, bis sie endlich ihm sagten:

»Komm näher, komm näher, beim Glauben der Mauren, die wir sind, werden wir dir nichts zuleide tun.«

Er näherte sich und sie rauchten und aßen zusammen.

Dann kehrten sie zurück, und eines Tages ging der Ziegenhirt zur Höhle des Drach (nicht jene von Manacó, diese Höhle liegt in Rafal), um dort eine Ziege zu suchen, die er verloren hatte, und gerade bei der Mündung der Höhle hörte er:

»Töte mich nicht, töte mich nicht bei Allah!«

Und es war ein Maure, der am Land zurückgeblieben war, als die andern wegfuhren, und der sich hier versteckt hatte.

Er nahm sogleich Brot und Käse aus seiner Tasche und gab es ihm, und nun ließ er ihm jeden Tag davon auf einem Stein, damit er essen konnte, und der Maure sagte ihm, wenn er weggehe, werde er den Zweig eines Mastixstrauches oberhalb der Höhlenmündung stecken als Zeichen, dass er entflohen sei.

Nach einer Anzahl Tage kam eine andere Ladung Mauren an, und sie fingen den nämlichen Ziegenhirten und nahmen ihn mit sich fort.

In Algier führten sie ihn auf den Platz, wo man die Sklaven verkaufte, und derselbe Maure, den er in der Höhle verköstigt hatte, erwartete schon, dass man ihn dort bringen würde, und jeden Tag ging er zu dem Platze, um zu sehen, ob er dort sei.

Er fand ihn, kaufte ihn und führte ihn zu seinem Hause. Als er zu Hause war, bekleidete er ihn, gab ihm zu essen und nach drei Tagen, frug er ihn, ob er traurig sei, und er sagte ihm ja, weil er seine Frau und seine Kinder in Santañi zurückgelassen habe. Der Maure sagte ihm, dass er nicht missmutig sein solle, er sei derjenige, den er in der Höhle des Drach verköstigt hatte, und dass er am ersten Tag wo er wolle, nach Mallorca reisen könne, um seine Frau und Kinder zu sehen, aber er wollte, dass er mit ihnen zurückkehre, um dort zu leben, und es werde ihnen gut gehen.

Er ging und holte sie ab, und sie kehrten nicht mehr nach Mallorca zurück.

# Na Simoneta
## Die Simoneta

Die Mauren fingen eine Frau, die Simoneta hieß, führten sie nach Algier, und dort blieb sie als Sklavin. Als sie nach Mallorca zurückkehren konnte, machte sie Gedichte über das, was sie erlebt hatte, und ein Gedicht heißt also:

»Durch drei Jahre blieb ich eingesperrt
In einem sehr festen Turm,
Wenn ich mich nicht gefügt hätte,
Hätte mich der Tod abgeholt,
Doch Gott half mir stets.«

# Es moros qu'anaren á Sa Mesquida
Die Mauren, welche
nach Sa Mesquida kamen

*Capdepera*

Die Magd von Sa Mesquida ging zum Brunnen beim Meeresufer um Wasser zu holen. Eines Tages wurde sie von Mauren gefangen, die ihr sagten, wenn sie ihnen einen Laib Käse und ein Brot brächte, würden sie ihr nichts antun, aber wenn sie sie verrate, werde sie getötet.

Sie ging fort, brachte ihnen Brot und einen Käselaib, und immer schwieg sie und sagte nichts.

Eines Abends, als die Frau abhaspelte und die Haspel: »Gich Gich« machte, sagte die Magd, dass sie bedeutete: »Die Mauren werden heute Nacht kommen, die Mauren werden heute Nacht kommen.«

Also war es auch, in jener Nacht kamen die Mauren und nahmen sie alle gefangen. Und jene Magd, welche ihnen Brot und Käse gebracht hatte, war die Erste.

Der Herr legte eben die Socken ab, als er die Mauren gewahrte, und schon hatten sie ihn gefangen.

Die Tochter des Hauses, ein Mädchen von fast zwanzig Jahren, hatte einen Rosenkranz, und als sie sah, dass die Mauren sie gefangen nahmen, versteckte sie den Rosenkranz in dem Futter des Rockes. Die Mauren zerrten sie in den Hof hinaus und banden sie an einen Zirbelbaum, der dort stand. Als sie festgebunden war, wollten sie sie von unserer Religion abtrünnig machen, und sie tat es nicht; sie zogen sie bei den Haaren, an den Ohren, zwickten sie, und sie sagte immer nein. Zuletzt begannen sie Pfahlrohr zu spalten, um es ihr unter die Nägel zu stoßen, und um das zu verhüten, rief sie:

»*Jó llenech*« – ich rutsche – ich rutsche, ich rutsche, anstatt zu sagen *jo renéch* – ich verleugne.

Die Mauren dachten, dass sie abtrünnig sei, und sie hörten schon auf, sie zu martern.

Dann führten sie alle fort und schifften sie ein, nach dem Maurenlande.

Dort machten sie sie zu Sklaven, und dem Herrn und der Tochter ging es sehr schlecht. Den Herrn ließ man mahlen, und seine Tochter war in Gefahr, jeden Tag ermordet zu werden.

Der Magd, welche den Mauren den Käse und das Brot getragen hatte, ging es gut; sie war als Magd im Dienst eines guten Hauses, und jeden freien Augenblick lief sie zu dem Herrn, sie ließ ihn ausruhen, indem sie eine Zeitlang das Rad drehte.

Auch zur Tochter ging sie und tröstete sie.

Als Sklaven wurde es ihnen ermöglicht, nach Mallorca zu schreiben, und ihre Verwandten bekamen aus dem Kirchenfonde der Mutter Gottes von Son Salvado d'Arta eine Geldsumme ausgeliehen, um sie zu befreien, und sie kauften sie los, worauf sie nach Mallorca, lebend, aber nach Überstehung vieler Mühsale, zurückkehrten.

## Es moros qu'anaren a Son Jordi
Die Mauren, welche nach Son Jordi gingen

Als die Mauren auf Son Jordi erschienen, wurden sie von der Pächterin bemerkt. Sie hatte noch Zeit zuzusperren und im Turm sich einzuschließen. Als sie im Turme war, gingen die Mauren in ihr Haus, dann versuchten sie durch ein Fenster in den Turm zu steigen und legten Strandkiefern an, die sie gefällt hatten. Die Pächterin bemerkte es und begann Schalen und Teller auf sie zu werfen, aber sie ließen nicht davon ab. Sodann erinnerte sich die Pächterin der Bienenkörbe und warf dieselben auf sie herunter. Die Mauren wehrten sich dagegen und wehrten sich, und je mehr sie sich wehrten, desto mehr stachen die Bienen, und sie mussten davonlaufen.

# Es desembarch des moros
## Die Landung der Mauren

*Artá*

Die Mauren landeten in der Nähe der Cova foradada, und als sie sich ausgeschifft hatten, sahen sie einen Hirten; sie gingen auf ihn zu und nahmen ihm die Ziegen.

Sie nahmen ihn mit sich, töteten eine Ziege und fingen an, sie zu kochen, um dieselbe zu essen.

Jener Hirte wusste nicht, wie er es anfangen sollte, um einen anderen Hirten, der in der Nähe die Schafe hütete, zu benachrichtigen, damit er Leute zur Hilfe hole; endlich setzte er sich, um die Flöte zu spielen und von Zeit zu Zeit zu singen.

Die Mauren verwehrten es ihm nicht, und er sang und sang und sein Liedchen hieß:

»Hirtchen geh zum Orte,
Und führe die Leute, die dort sind, mit,
In der Cova foradada
Gibt es neunundzwanzig Mauren
Und die Ziege mit dem Halsband,
Schon im Kessel ist sie.«

Der andere Hirte hörte und verstand ihn.

Er stieg auf einen Berg, fing an zu schreien und den Hut zu schwenken, wie wenn er Zeichen an Leute, die auf der anderen Seite des Berges standen, machte, damit sie sofort dahin gehen sollten.

Die Mauren hörten und sahen es und meinten, ganz Artá befinde sich schon laufend auf dem Wege, sie entflohen sofort und nahmen die Ziege und den Hirten mit. So sehr beeilten sie sich mit der Einschiffung, dass es dem Hirten gelang, zu entfliehen, dann, als sie sich schon eingeschifft hatten, lachten die beiden Hirten über sie.

# Es desembarch des moros
## Die Landung der Mauren
*Estallenchs*

Eine Galiote legte am Lande an, die Mauren schifften sich aus und stiegen hinauf gegen Es Grau.

Als sie in die Ebene von Sa Cometa kamen, trafen sie einen Mann, einen Knaben, seinen Sohn, und zwei Frauen, die mähten.

Der Mann, der schon alt und Obrë des Heiligen Antonius war, versteckte sich in die Saat, indem er sagte:

»Heiliger Antonius, beschütze uns.«

Der Knabe versteckte sich ebenfalls, aber als er die Schritte der Mauren hörte, dachte er, dass sie seinen Vater gefangen hätten, und sagte:

»Jetzt führen sie meinen Vater fort.«

Die Mauren, die ihn nicht bemerkt hatten, hörten ihn, kehrten zurück und nahmen ihn mit sich. Seinen Vater suchten sie, konnten ihn aber nicht finden, weil er gesagt hatte: »Heiliger Antonius, beschütze uns.«

Die beiden Frauen begannen bergauf zu laufen, aber bei der Hecke des Carritxá blieben die Röcke der einen an der Hecke hängen und die Mauren fingen sie.

Diese und den Knaben führten sie nach Algier, und den Knaben kaufte ein hervorragender Maure, der viele Frauen und Kinder hatte, und behandelte ihn sehr gut. Er ließ ihm seine Kinder beaufsichtigen und gab ihm morgens Brot und Honig zum Frühstück. Aber einmal gab ihm ein anderer Maure, der auf ihn eifersüchtig war, eine solche Ohrfeige, dass die Nase schief wurde.

Nach fünfzig Jahren kehrte er nach Estallenchs zurück, er war unterdessen Maure geworden und sagte das Gebet der Mauren, er heiratete aber noch und hatte ein Mädchen.

Nun die andere Frau, welche die Mauren weggeführt hatten, diese blieb dort nicht solange. Als sie in Algier war, wollte ein Maure bei ihr schlafen, und sie machte ein Versprechen, dass sie, wenn sie sich darauf befreien konnte, kein Wort mehr sprechen werde, bis sie vor San Juan, welche die Kirche dieser Ortschaft ist, angekommen wäre. Sie ließ dahin melden, man möge sie loskaufen, und um das zu ermöglichen, möge man ein Grundstück verkaufen, das nur für einen Gefangenen oder Kranken verkauft werden durfte. Als sie losgekauft war, kehrte sie hierher zurück und blieb nicht eher stehen, bis sie vor der Kirche war, und ihr erstes Wort, das sie sprach, war, man möge ein *Te Deum* singen für ihre Befreiung von den Mauren.

# S'esclau de ses varques
## Der Sklave mit den Ledersohlen

*Son Servera*

Ein Mann und ein Knabe waren in Sa Gruta um Holz zu fällen, als plötzlich der Vater zu dem Knaben sagte:

»Wir sind verloren, hier ist die Barke der Seeräuber, ich weiß, was wir tun müssen, ich werde das Maultier besteigen und nach Son Servera reiten, und du wirst in einen Mastixstrauch versteckt bleiben, sie werden dich nicht sehen, gehe auch nicht heraus, bis in ein oder zwei Stunden, und ich kann entfliehen, oder sie werden mich fangen.«

Er setzte sich auf das Maultier, und dieses fing zu laufen an; als er höher hinaufkam, waren Stricke ausgestreckt und gezogen, an denen das Maultier stolperte und fiel, und Mauren kamen, nahmen ihn und das Maultier gefangen und brachten ihn in ihrer Barke nach Algier.

Als sie dort angekommen waren, stellten sie ihn in eine Mühle, wo sie ihn mahlen ließen.

Nach sieben oder acht Tagen sagten sie zu ihm:

»Du musst mit diesem Mauren zu einem Gemüsegarten gehen und dort arbeiten.«

Im Gemüsegarten befand er sich gut, weil die Arbeit, den Boden zu bepflanzen, nicht schwer war, und da er sich verständig erwies, behandelte ihn der Eigentümer des Gartens gut.

Nach kurzer Zeit wurde er losgekauft und sein Herr sagte zu ihm:

»Für dich ist der Betrag bezahlt, aber bevor ich dich gehen lasse, werde ich dir Ledersohlen geben, und wenn du sie verdorben haben wirst, werde ich dich erst zu den Deinigen fortgehen lassen.«

Der Maure, der mit ihm arbeitete, sagte zu ihm:

»Die Ledersohlen sind schwierig zu verderben, aber wenn du machst, was ich dir sage, werden sie in zwei Tagen verdorben sein. Du musst sie einen ganzen Tag in die Erde vergraben, und wenn du sie abends herausholst, werden sie schon verfault sein.«

Er machte es so, und am anderen Tage zeigte er sie dem Herrn und sagte ihm, dass er sie schon jetzt nicht mehr tragen könne.

Der Herr erwiderte ihm:

»Verdammt sei der Rat und derjenige, der ihn dir gegeben hat. Wenn man dir nicht so geraten hätte, hättest du sie nicht so rasch verdorben.«

Er ließ ihn gehen, und er kehrte nach Son Servera zurück.

# S'esclau de Son Fê
Der Sklave von Son Fé

*Alcudia*

Der Herr von Son Fé kaufte einen Sklaven, der im Alter von achtzehn oder neunzehn Jahren war. Eines Tages, im Gespräch, sagte der Sklave zu dem Herrn:

»Wenn Sie mir die Freiheit geben, kann ich ihnen eine Quelle auffinden und sie hinleiten, wo Sie wollen.«

Der Herr erwiderte ihm:

»An dem Tage, an dem du eine Quelle findest und nach meinem Hause leitest, werde ich dir die Freiheit geben.«

Wie er Quelle hatte, so sehr liebte er den Sklaven, er wollte ihn nicht frei geben, und als der Sklave sah, dass er ihm nicht die Freiheit gab, begann er die Quelle mit Hilfe eines Blasebalges zu versiegen machen. Als er mit dem Blasebalg anfing, die Quelle zu versiegen, fand sich dort ein ihm befreundeter Hirte ein, der ihn bat, er möge ihm die Gunst erweisen und ihm ein Wasserstrählchen fließen lassen, für wann er Durst hätte. (Fast gleich wie von Xorrigo.)

Als die Quelle versiegt war, kamen viele Baukundige und fanden es unbegreiflich, weil jenes Mauerwerk sehr fest war.

Die Vorliebe des Herrn für den Sklaven war derart, dass er bei seinen Verpflichtungen, wie die Feldarbeiten waren, machen oder nicht machen konnte, was er wollte.

Seit vielen Jahren behackten seine Nachbarn bereits die Saaten, und er hatte noch zu säen und wartete bis zu dem geeigneten Zeitpunkte, indem er jeden Abend die Erde kostete.

Es geschah eines Tages, dass er abends hinausging, um die Erde zu kosten, und er sagte zu dem Herrn:

»Morgen früh werden Sie alle Pfluggespanne mieten, die Sie erhalten können, und wir werden den Weizen säen.

Sie machten es so, und sie hatten einen solchen Überfluss zu ernten, dass sie den Weizen nicht in ihrem Besitzhause unterbringen konnten.

Noch gibt es ein Stück Kanal von der Quelle, den der Maure gemacht hatte.

## S'esclau gabelli
Der Sklave Gabelli

*Capdepera*

Die Mauren fingen den Colau Vey und machten ihn zum Sklaven.

Sie führten ihn nach Algier, und dort verkauften sie ihn an einen sehr hervorragenden Mauren, welcher eine sehr schöne Tochter, eines der schönsten Mädchen der Mauren, hatte.

Sie hielten ihn gut bewacht, damit er ihnen nicht entfliehen könne. Die Tochter des vornehmen Mauren sagte zu ihm eines Tages, wenn er entfliehen wolle, müsse er sich blödsinnig stellen, weil, da er sehr gewandt und ein schöner Junge sei, würde man ihm die Freiheit sonst nie schenken.

Er machte den Blödsinnigen, und als sie sahen, dass er zu nichts brauchbar war, bewachten sie ihn schon nicht mehr so streng, und eines Tags, während der Nacht, gelang es ihm, den Schlüsselbund zu nehmen. Er begann Türen aufzumachen und sie wieder zuzuschließen, und als er zu der letzten kam, die auf die Straße führte, entfloh er und ging nach dem Meeresufer, wo er ein Schiff fand, mit dem er nach Mallorca zurückkehrte.

Als er hier angekommen war, ging er sogleich zur Mutter Gottes der Hoffnung, ließ ihr die Schlüssel, und sie wurden in der Kapelle des Rosenstockes aufgehängt und waren viele Jahre dort zu sehen.

# S'esclau que fogi
## Der Sklave, der entfloh

*San Llorens*

Ein Maure hatte einen mallorquinischen Sklaven aus dieser Ortschaft, und eines Tages schickte er ihn aus, um Holz zu fällen; als es Abend wurde, kam der Sklave nicht zurück,und es wurde später, und er kam auch nicht.

Es sagte der Herr:

»Er wird mir gewiss entflohen sein«, und am folgenden Morgen ging er dahin, wo er ihn hingeschickt hatte, und er fand ihn noch Holz fällen und sagte zu ihm:

»Warum hast du so viel gefällt?«

Er erwiderte:

»Ich wollte alles fällen, und dann müsste ich nicht hierher zurückkehren.«

Der Herr hieß ihn nach Hause gehen, und am andern Tage schickte er ihn zum Wasser holen, und er kam ebenfalls nicht zurück.

Der Herr sagte:

»Er muss etwas angestellt haben.«

Er ging ihn zu suchen, und er fand ihn, wie er eine Rinne rings um den Brunnen grub, und frug ihn, was er mache.

Der Sklave erwiderte:

»Ich wollte den Brunnen mit der Wurzel bringen, so müssten wir nicht hierher zurückkehren, um Wasser zu holen.«

Der Herr hieß ihn die Rinne anfüllen und nach Hause gehen.

Nach einigen Tagen entschloss sich der Sklave zu entfliehen, er nahm einen Käselaib mit und entfloh.

Bald bemerkte der Herr, dass er ihm entflohen war, und ging ihm nach, um zu sehen, ob er ihn noch erreichen könne.

Nach kurzer Zeit fand er ihn auf einem Hügel und sagte zu ihm:

»Bleib stehen, bleib stehen, oder du wirst es teuer bezahlen.«

Der Sklave erwiderte ihm:

»Schau, wenn du dich näherst, werde ich aus deinem Kopf so viele Stücke machen, wie aus diesem Stein.«

Und er warf den Käselaib auf einen Felsen und er zerfiel in tausend Stücke. Der Herr dachte, dass es ein Stein sei, den er zerbröckelt hatte, und sagte sich:

»Dieser Sklave hat viele Kraft, nun er fällte mir fast den ganzen Strandkiefernwald, als ich ihn zum Holzfällen schickte, und er wollte mir den Brunnen mit den Wurzeln ausheben; ich will mich nicht nähern.

Er hatte Furcht sich zu nähern, der Sklave entfloh und fand am Meeresstrand ein Boot, dem er ein Zeichen machte, er schiffte sich ein und kehrte nach Mallorca zurück.

# Es moro cégo[11]
## Der blinde Maure

*Valldemosa*

In Algier war ein mallorquinischer Gefangener im Hause eines maurischen Herrn, der blind war und der ihn als Sklaven gekauft hatte.

Dieser Gefangene war bei seinem Herrn sehr beliebt, weil er ein sehr braver Junge war und alle Arbeiten sehr gut zu verrichten wusste.

Eines Tages sagte der Herr zu ihm:

»Wenn du machtest, was ich dir sagen würde, und mich nicht betrügtest, würde ich dir die Freiheit und so viel Geld, als du willst, geben.«

»Sagen Sie, was soll ich tun.«

»Wenn ich dich nach Mallorca schicke, würdest du nicht mehr zurückkehren, weil es deine Heimat ist, aber ich versichere dich, wenn du zurückkehren möchtest, würdest du zufrieden mit mir sein.«

---

[11] Anm. Das gleiche Märchen wird auch in Artá erzählt und dem Puig den Mayans zugeschrieben.

»Sagen Sie mir, was ich auf Mallorca tun soll und vertrauen Sie auf mein Wort.«

»Von welcher Ortschaft bist du?«

»Von Valldemosa.«

»Du musst den Puig de na Fátima kennen?«

»Ja Herr, und sehr genau, weil ich ihn durchwandert habe, um dort Gras zu mähen.«

»Also gut. Ich werde dir sieben Paar Schuhe geben, mit diesen sieben Paar Schuhen wirst du nach Mallorca gehen.«

Wenn du dort bist, wirst du an einem Montag ein Paar Schuhe anziehen und mit den angezogenen Schuhen auf den Puig de na Fátima steigen und den ganzen Tag dort spazieren gehen. Am Abend wirst du die Schuhe ausziehen, ein Zeichen daran machen, dass es jene des Montags sind, und sie aufbewahren, gut aufbewahren. Anderen Tages, Dienstag, wirst du ein anderes Paar Schuhe anziehen und mit den angezogenen anderen Schuhen wirst du auf den Puig de na Fátima zurückkehren und dort den ganzen Tag spazieren gehen. Am Abend wirst du ein Zeichen daran machen, damit man erkenne, dass es die Schuhe sind, die du den Dienstag getragen hast, und sie aufbewahren, gut aufbewahren. Am Mittwoch wirst du ein anderes Paar Schuhe anziehen und wirst dasselbe machen; am Donnerstag das gleiche, ebenso Freitag und Samstag, endlich am Sonntag wirst du das siebente Paar anziehen, und an allen wirst du den Tag bezeichnen, an dem du sie getragen hast. Sodann wirst du gleich hierher zurückkehren und mir die sieben Paar Schuhe gut eingewickelt bringen und sehr behutsam, damit keiner verloren gehe.«

»Haben Sie keine Angst, es wird alles so gemacht werden, wie Sie sagen«, sagte der Sklave.

»Gut«, sagte der Herr. »Wenn du wieder zurückkehrst, ich versichere dich, du wirst es nicht bereuen, weil ich dir dann die Freiheit und so viel Geld, als du verlangst, geben werde.«

Der Gefangene kam nach Mallorca, machte alles so, wie sein Herr ihm gesagt hatte, kehrte dann wieder nach Algier zurück und brachte die gut zugerichteten Schuhe mit.

Als der Herr vernahm, dass er zurückgekehrt sei, war er sehr zufrieden, weil er sich schon gedacht hatte, dass er nicht zurückkehren würde, und sofort nahm er das Paar Schuhe vom Montag, brachte sie vor seine Augen und rieb sie ... und nichts.

Alsdann nahm er das Paar des Dienstags, brachte sie vor seine Augen ... und nichts.

Alsdann das Paar des Mittwochs, des Donnerstags, des Freitags, des Samstags, und alle brachte er vor seine Augen ... und nichts.

Alsdann nimmt er das siebente Paar, welches das vom Sonntag war, und brachte es vor seine Augen, und sogleich war er von seiner Blindheit geheilt und konnte sehr gut sehen. Und das kam von der Heilkraft der Kräuter, auf welchen jene Schuhe getreten waren.

Der Herr warf sich an den Hals des Gefangenen und begann ihn zu küssen, und er gab ihm die Freiheit und eine Anzahl Beutel mit Gold.

Der Gefangene kehrte nach Mallorca zurück, er blieb wohlhabend sein ganzes Leben, und seine Nachkommen sind noch reich.

# Es patró esclau
Der Sklaven-Patron

*Andraitx*

In Andraitx lebte ein Patron bei dem Vordach[12] des Platzes. Dieser Patron hatte die Gewohnheit, jedes Jahr am Weihnachtstage, bevor er zu Mittag speiste, vor die Türe seines Hauses zu gehen, und wenn er irgendeinen Fremden unter dem Vordach sah, lud er ihn in sein Haus zum Speisen ein.

Eines Jahres am Weihnachtstage sah er einen Mauren unter dem Vordach stehen, und obschon er gegen die Mauren nicht günstig gesinnt war, weil er sie auf dem Meere sehr nahe gesehen hatte, so lud er ihn nichtsdestoweniger zum Essen ein, um die Gewohnheit nicht zu verlieren.

Nach langer Zeit nahm eines Tages eine Barke mit Mauren die Barke dieses Patrons weg, macht ihn zum Gefangenen und führten ihn fort, um ihn auf dem Markte von Algier zu verkaufen.

---

[12] Jetzt besteht dieses Vordach nicht mehr.

Hier ging ein Maure von mittlerem Alter vorüber, sah ihn, kaufte ihn und führte ihn nach seinem Hause.

Als sie zu Hause waren, gab ihm der Maure ein gutes Essen, und als sie mit dem Essen fertig waren, sagte er ihm:

»Ihr seid Mallorquiner, nicht wahr?«

»Ja Herr«, antwortete ihm der Patron.

»Ich war schon auf Mallorca, und von welcher Ortschaft seid Ihr? Seid Ihr nicht aus Andraitx?«

»Ja Herr«, sagte wieder der Patron, etwas erstaunt.

»Ich war auch in Andraitx, erinnert Ihr Euch schon nicht meiner?«

»Nein, ich erinnere mich nicht, sie je gesehen zu haben«, sagte der Patron.

»Und Ihr erinnert Euch nicht an einen Mauren, den Ihr am Weihnachtstage zum Essen eingeladen habt und der unter dem Vordache des Platzes von Andraitx stand?«

»Ja, ja, jetzt erinnere ich mich.«

»Und nun, jener Maure bin ich, und um Euch die Guttat, die Ihr mir erwiesen habt, zu vergelten, habe ich Euch auch zum Mittagsmahl eingeladen, und ich werde Euch die Freiheit geben, damit Ihr in euere Heimat zurückkehren könnt.«

Der Patron war sehr dankbar und kehrte nach Mallorca zurück; aber nach vier oder fünf Jahren nahmen ihn die Mauren wieder gefangen, sie verkauften ihn von Neuen, und wieder kaufte ihn der gleiche Maure, der ihn wieder zum Essen einlud und ihm wieder die Freiheit schenkte.

Nach vier oder fünf Jahren geschah ihm nochmals das Nämliche, und der Maure, als sie mit dem Mittagmahl fertig waren, sagte zu ihm:

»Drei Male habe ich Euch zum Mittagmahle eingeladen und Euch die Freiheit gegeben, aber jetzt bin ich alt und kann von einem Tag auf den anderen sterben. Und wenn ich sterbe, kann ich Euch nicht mehr zum Essen einladen und Euch nicht mehr die Freiheit geben. Deswegen rate ich Euch, schifft Euch nicht mehr ein, und so werden sie Euch nicht ein viertes Mal fangen. Gehet weg und fahret fort, eure gute Sitte zu befolgen, an Weihnachten denjenigen ein Mittagmahl zu geben, die sich von ihrem eigenen Hause entfernt finden.«